SO-BTB-228

Los ojos de diamante

books4pocket

Carol Higgins Clark

Los ojos de diamante

Tradución de Eduardo G. Murillo

EDICIONES URANO

Argentina - Chile - Colombia - España
Estados Unidos - México - Uruguay - Venezuela

Título original: *Fleeced*
Copyright © 2001 by Carol Higgins Clark

© de la traducción: Eduardo G. Murillo
© 2003 by Ediciones Urano
         Aribau, 142, pral. – 08036 Barcelona
         www.edicionesurano.com
         www.books4pocket.com

Diseño de la colección: Opalworks
Imagen de portada: Getty Images
Diseño de portada: Imasd

Impreso por Novoprint, S.A.
Energía 53
Sant Andreu de la Barca (Barcelona)

Fotocomposición: books4pocket

ISBN : 978-84-96829-80-0
Depósito legal: B-12.804-2008

Impreso en España – *Printed in Spain*

Agradecimientos

Me complace dar las gracias a las personas que han sido «joyas» a la hora de ofrecerme aliento y apoyo para escribir este libro.

Gracias en especial a Roz Lippel, mi editora y amiga, que me ha guiado con su intuición y consejo en cada paso del camino.

También deseo darle las gracias a mi agente, Nick Ellison, y a la directora de derechos para el extranjero, Alicka Pistek. Siempre me siento en deuda con mi agente de publicidad, Lisl Cade.

Debo alabar el trabajo del director artístico John Fulbrook, subdirector de Copyediting Gypsy da Silva, y a la responsable de la edición de textos Carol Catt.

Por fin, doy las gracias a mi familia y amigos, en especial a mi madre, Mary Higgins Clark, quien conoce muy bien la alegría cuando llega finalmente al momento de escribir los agradecimientos.

Sois todos diamantes sin mácula.

Para mi madre, Mary Higgins Clark,
y mi padrastro, John Conheeney,
con amor.

1

Regan Reilly miró por la ventanilla del avión en el que había pasado las últimas cinco horas, emocionada por ver al fin la silueta de Manhattan recortada sobre el horizonte. Es maravilloso volver, pensó. Ésta es mi ciudad. Por montones de motivos. De los cuales ciertamente no era el menor su nuevo novio, el responsable de la Brigada de Casos Especiales de Nueva York, un tal Jack Reilly que, gracias a Dios, no era pariente.

Regan, de treinta y un años, detective privado en Los Ángeles, pensaba asistir a la convención de escritores de novelas policíacas que su madre, Nora Regan Reilly, había organizado con un grupo de colegas. El padre de Regan, Luke, propietario de tres funerarias en Nueva Jersey, también estaría presente. Regan había conocido a Jack Reilly en Navidad, cuando habían secuestrado a su padre. Mantenían un romance de costa a costa desde hacía tres meses.

—Haría cualquier cosa por hacerte feliz, Regan —había bromeado Luke, más de una vez desde que había vuelto a casa sano y salvo—, incluso dejarme secuestrar.

«Sí, Jack me hace feliz», musitó Regan mientras las ruedas del avión tocaban con suavidad el pavimento y el piloto maniobraba en dirección a la rampa de desembarco sin más dilación.

Cuando fue a recoger el equipaje, Regan se llevó la agradable sorpresa de ver que, por primera vez, sus maletas estaban entre las primeras en aparecer. Las amontonó en el carrito que había alquilado y corrió a coger un taxi. Sólo había una persona en la cola. «Hoy me sale todo bien», pensó Regan. Demasiado. Algo tendrá que torcerse. Pero aunque eran más de las cinco de la tarde de un jueves, el taxi llegó a la ciudad en un tiempo récord.

Cuando pasaron ante el hotel Plaza y tomaron Central Park South, Regan sonrió. Casi he llegado, pensó. Se reuniría con sus padres en la fiesta de inauguración de la convención, y después cenarían juntos. Jack debía asistir a una ceremonia de entrega de distinciones en Long Island, pero le vería mañana.

La vida era como un cuenco de cerezas en cada momento.

En el apartamento de sus padres, Regan experimentó la familiar sensación de bienestar que siempre la asaltaba cuando traspasaba la puerta. Se duchó a toda prisa, se puso un vestido negro, el uniforme nocturno para esa ciudad, y salió corriendo. La fiesta estaba en pleno apogeo. Nora vio a Regan en cuanto llegó, con la alerta roja habitual de su instinto maternal conectada.

—¡Regan, estás aquí! —exclamó Nora con alegría, mientras se apresuraba a recibir a su hija única.

Varias horas más tarde, Regan, Nora y Luke estaban finalizando una agradable cena en Gramercy Tavern. Todas las mesas estaban ocupadas, y la barra estaba a rebosar.

—Esto es delicioso —dijo Regan, mientras paseaba la vista a su alrededor—. Es el lugar perfecto para iniciar la semana. Tendría que bajar más a menudo a este barrio.

Poco sabía ella que, a menos de dos manzanas de distancia, se estaba cometiendo un crimen. Un crimen que la traería de vuelta a Gramercy Park mucho antes de lo que sospechaba.

Nat Pemrod estaba sentado ante el escritorio de la sala de estar de su espléndido apartamento. Exhaló un suspiro de felicidad. A escasa distancia, la puerta de su caja fuerte estaba abierta, y todo su contenido se hallaba extendido ante él. Con ojos algo húmedos, contempló el anillo de compromiso y la alianza de su difunta esposa, Wendy. Las perlas que le había regalado con motivo de su primer aniversario. El anillito que habían encontrado en una caja de Cracker Jack, y que Wendy siempre había querido más que a sus joyas auténticas. Todos los brazaletes, pendientes, collares y broches que él le había regalado a lo largo de los años estaban aquí. Cada objeto, caro o barato, contenía un recuerdo especial.

Nat había sido joyero durante cincuenta años. Unos días antes, él y su amigo y colega Ben habían decidido donar las ganancias de la venta de cuatro preciosos diamantes, que habían atesorado en secreto durante casi medio siglo, a su achacoso Settler's Club, el «Club de los Colonizadores», como homenaje a su centenario.

Ambos habían sido «Colonos» desde los treinta años, y Nat había residido en el club durante casi toda su vida. El club, fundado por un individuo extravagante para acoger a «pioneros con espíritu», instalado en el hermoso Gramercy Park de Nueva York, había sido en sus buenos tiempos lugar de encuentro de líderes sociales, políticos y artísticos, una meca de acontecimientos culturales. Sus «pioneros» habían consistido en hombres y mujeres que abarcaban una amplia gama de ocupaciones y personalidades, e incluía a un buen número de excéntricos. Pero ahora el club estaba sufriendo el destino de muchos clubes similares, y corría el peligro de tener que cerrar sus puertas. El número de miembros había descendido, el local necesitaba reparaciones urgentes y los fondos eran escasos. Algunos se referían a él de forma burlona como el «Settled Down Club», el «Club venido a menos».

Ahora que se acercaba la fiesta de aniversario, Nat y Ben habían decidido invertir su dinero siguiendo los dictados del corazón, es decir, vender los diamantes y ceder la cantidad de cuatro millones de dólares al club.

—Seguro que el tugurio ése levanta cabeza de nuevo —rió Nat.

También había decidido que era el momento de tomar algunas decisiones definitivas sobre el destinatario de las joyas de Wendy. Una vez muerto, preferiría que se reconociera el valor de esas «chucherías», pero mientras estuviera vivo, no podía soportar la idea de que las joyas de Wendy adornaran el cuerpo de otra mujer. Terminó su inventario privado, y ya estaba a punto de guardar las joyas en la caja fuerte, cuando sus ojos se posaron una vez más en el joyero de terciopelo rojo especial.

Las manos de Nat temblaron un poco cuando lo cogió. Acunó la caja sobre sus palmas extendidas, la abrió con cuidado y contempló los cuatro diamantes, grandes y brillantes, que en cuestión de días serían convertidos en dinero contante y sonante.

—Lamento deciros adiós después de cincuenta años de mutua compañía, amigos, pero nuestro club necesita el dinero.

Nat rió y dejó la caja sobre el escritorio.

Una oleada de excitación recorrió sus venas, y aplaudió. Esto va a ser divertido, pensó. Colaborar en la resurrección del club. La gran fiesta de aniversario será el sábado por la noche.

Más otras fiestas que se celebrarán a lo largo del año. Ben y yo estaremos al timón de todo. Esto alegrará el lúgubre marzo.

De pronto, dio la impresión de que el frío del exterior se colaba en el apartamento. Nat se ciñó el albornoz y paseó la vista por su sala de estar apreciando el valor de lo que veía. El glorioso chapado en madera, los muebles antiguos, la escalera de hierro forjado que subía a una galería con librerías que abarcaban del suelo al techo, y que desde lo alto dominaban el sofá, la chimenea y el par de ovejas de tamaño natural colocadas ante la ventana.

Nat y Wendy las habían comprado poco después de casarse, porque a ella le recordaban sus días de infancia en una granja de Inglaterra. A lo largo de los años, Nat la había sorprendido con toda clase de baratijas relacionadas con ovejas que había podido encontrar. Pero las dos ovejas disecadas eran las favoritas de Wendy. Eran los hijos que nunca había tenido. Las quería tanto que, cuando hizo una generosa donación al Settler's Club poco antes de morir, hacía tres años, fue con la condición de que el club se quedaría con las ovejas cuando Nat y ella hubieran muerto, y las colocarían en un lugar de honor en la sala de recibo.

Sí, este ha sido un lugar maravilloso para vivir durante más de cincuenta años, pensó Nat. ¡Ben y yo tomamos la decisión correcta, ser almas generosas y procurar que continúe adelante!

Se puso en pie, cogió la caja roja y se acercó a las ovejas, que Wendy y ella habían bautizado Dolly y Bah-Bah. Sacó las dos bolas de vidrio de las cuencas oculares de Dolly y las sustituyó por dos diamantes. Después, repitió el procedimiento con Bah-Bah, retrocedió y sonrió.

—¡Vaya par de ojos! —rió—. Las dos aparentáis un millón de pavos. A vuestra mamá, Wendy, le encantaba que durmierais con los diamantes en los ojos. Decía que erais sus joyas preciosas. Ésta es una de las últimas noches que vuestros ojos poseerán ese brillo tan especial.

Nat volvió a colocar con sumo cuidado los rizos de lana que cubrían sus valiosos ojos y dio unas palmaditas a los dos animales. Dejó caer las piedras de vidrio en la caja roja y la volvió a depositar sobre el escritorio.

Me ducharé y daré por terminada la sesión, pensó con una sonrisa. Recorrió el largo pasillo y atravesó su dormitorio. Al llegar al opulento cuarto de baño de mármol, abrió los grifos de la ducha al máximo.

—Una buena ducha sentará bien a estos viejos huesos —murmuró, mientras pasaba ante el jacuzzi y volvía a su dormitorio, al tiempo que cerraba la puerta del cuarto de baño a su espalda—. Primero, dejaremos que se caliente un poco.

Las noticias de las diez estarían a punto de empezar. Se tumbó en la cama, cogió el mando a distancia y conectó la televisión. Vaya día, pensó, y lanzó una risita satisfecha. Hacer planes para desprenderse de varios millones de pavos puede ser agotador. Nat cerró los ojos durante un momento, al menos ésa era su intención, pero se durmió al instante. Despertó sobresaltado, y vio en el reloj de la mesita de noche que eran las 22.38.

Nat alzó su cuerpo de ochenta y tres años y bajó de la anticuada cama imperial que su querida esposa había adquirido hacía treinta años en una subasta de artículos usados. Cuando abrió la puerta del cuarto de baño, una muralla de vapor le envolvió.

—Ahhh —gruñó, mientras se quitaba el albornoz y lo colgaba de un gancho.

Pero algo no encajaba. Escudriñó a través del vapor y avanzó hacia el jacuzzi. Estaba lleno de agua.

—¿Cómo? —dijo en voz alta, al tiempo que el miedo estrujaba su corazón—. Yo no he llenado esto... ¿o sí?

—No, no lo has hecho.

Nat, asustado, dio media vuelta. Empezó a hablar, pero antes de que surgieran las palabras, una figura salió del vapor y propinó un violento empujón a Nat que le envió al interior del jacuzzi. La cabeza de Nat golpeó contra un costado de la bañera, y luego se deslizó bajo la superficie del agua.

—Perfecto.

La figura que había emergido del vapor vio que el cuerpo de Nat adoptaba una inmovilidad casi absoluta, y se balanceaba al ritmo lento del agua.

—Es una pena que muera tanta gente por culpa de resbalar en la bañera. Una verdadera pena.

Un momento después, los grifos de la ducha estaban cerrados y el plato enjugado.

2

Si aquella mañana alguien hubiera dicho a Thomas Pilsner «Que pases un buen día», habría contestado de la misma manera automática que casi todo el mundo cuando oía la frase tópica.

Doce horas pueden significar una diferencia trascendental.

¿Cómo iba a saber que a la hora de comer dos miembros del club del que era presidente le darían la mejor noticia del mundo? El Settler's Club, que necesitaba un remozado urgente y corría el peligro de quedarse sin dinero, iba a recibir una cantidad aproximada de cuatro millones de dólares.

Menuda inyección de energías, pensó Thomas para sí. Eran las once de la noche y se había sentido electrizado desde la comida. Se quedó a trabajar hasta tarde, repasando todo lo que había que hacer antes de la gran fiesta del sábado por la noche. ¡Sería una gran celebración! Nat y Ben le habían dicho que querían efectuar una presentación especial de los diamantes durante la fiesta.

«¡Lo que queráis!», había dicho Thomas, con una vehemencia que no dejó de sorprenderle. Cuando salió a hacer una serie de recados por la ciudad, casi bailaba. Aún no se lo había contado a nadie, pero sospechaba que la noticia se había filtrado. Pero, ¿qué más daba? Bien está lo que bien acaba. La fiesta sería espléndida, en cualquier caso.

Sonó el teléfono de su escritorio. Debe de ser mi pequeña Janey, pensó. Janey era su novia desde hacía seis meses, y solían hablar varias veces al día. Se habían conocido cuando ella asistió a una conferencia en el club, y todo el mundo se mostraba de acuerdo en que estaban hechos el uno para el otro. Ella nunca prescindía de una ristra de perlas y un jersey de lana. Él nunca prescindía de su habitual pajarita. Ambos tenían poco más de veinte años, y se sentían como almas gemelas que habían estado juntas en otra vida, que pertenecía a una era desaparecida para siempre. A veces hablaban de que les habría gustado vivir en el Nueva York de finales del siglo diecinueve. Pero la vez que habían ido a pasear en coche de caballos por Central Park, en un intento de recrear el pasado, se habían visto rodeados de corredores sudorosos y de un molesto patinador que no paraba de dar vueltas en torno al coche.

A los pocos segundos de contestar al teléfono, el rostro de Thomas se demudó.

—¿Ben Carney? Oh, no...

Thomas salió corriendo del despacho en dirección al ascensor. La puerta se abrió con lentitud, se cerró con lentitud, y el viejo ascensor subió renqueando hasta el cuarto piso. Otra cosa que hay que sustituir, pensó Thomas, angustiado. ¿Cómo podría dar la noticia de lo sucedido a Ben a su viejo amigo Nat?

Cuando la puerta volvió a abrirse, Thomas corrió por el pasillo hasta el apartamento de Nat Pemrod y tocó el timbre. Los ecos de otra fiesta para solteros organizada por Lydia Sevatura resonaban en el corredor. «Lo que he de aguantar para atraer nuevos miembros al club.»

Nat no contestaba.

Thomas volvió a pulsar el timbre.

Como Nat seguía sin contestar, aplicó el oído a la puerta. Creyó oír el sonido bajo de la televisión. Thomas buscó en su bolsillo y sacó la llave maestra que siempre llevaba encima por si se producía alguna emergencia. Abrió la puerta y entró con cautela. A la izquierda del vestíbulo estaba el pasillo que conducía a los dormitorios, la cocina y el comedor. A la derecha había la arcada de la sala de estar, que ocupaba todo la longitud del apartamento.

—¿Nat? —llamó. A medida que se acercaba al dormitorio de Nat, oía más el sonido de la televisión—. ¿Nat?

Thomas se asomó al dormitorio. Había almohadas apoyadas contra la cabecera, y el cubrecama estaba arrugado. Thomas sintió la garganta seca. Entró en el cuarto de baño. Un chillido apenas audible escapó de su boca.

Sus pies le transportaron a toda prisa hasta la puerta principal, justo cuando la puerta del apartamento de Lydia se abría. Corrió sin aliento hasta el final del corredor, atravesó la puerta de incendios y bajó las escaleras de tres en tres, hasta llegar a la primera planta. Marcó en su despacho el 911 con la mayor rapidez de que eran capaces sus dedos.

Al cabo de escasos minutos, la policía y el médico particular de Nat llegaron al lugar de los hechos. De nuevo arriba, Thomas miró horrorizado, mientras el médico declaraba oficialmente muerto a Nat.

—Resbaló en la bañera —dijo el doctor Barnes—. Parece que sufrió un traumatismo craneal. En los últimos tiempos sufría algunos mareos...

En aquel momento, uno de los agentes entró en la habitación.

—Hay un montón de joyas sobre el escritorio de la sala de estar. La caja fuerte está vacía.

Thomas alzó la vista.

—Nat me dijo que su amigo Ben y él iban a vender los cuatro diamantes grandes de la caja roja para donar los beneficios al club.

—No he visto ninguna caja roja.

—¡Si me la enseñaron esta tarde!

—Créame, no hay ninguna caja roja. Un montón de cajas azul oscuro. Pero ninguna caja roja.

Thomas se desmayó al instante.

3

Regan Reilly abrió la puerta del apartamento de sus padres y recogió los tres periódicos que habían arrojado al suelo a una hora intempestiva, cuando la mayor parte de Nueva York estaba dormido. Regan cerró la puerta y entró en la estrecha cocina. Abrió el armarito que había sobre el fregadero y sacó una taza, mientras la cafetera siseaba y gruñía, al tiempo que escupía las últimas gotas en la jarra de café. Música para mis oídos, pensó Regan. Significa que sólo faltan unos pocos segundos para que la cafeína inunde mi torrente sanguíneo.

Se sentó a la mesa del comedor y tomó el primer sorbo de café, el mejor. Sus ojos abarcaron la increíble panorámica de Central Park que, como decía siempre su madre, era lo mejor del apartamento. Desde luego, pensó Regan. El refugio que sus padres tenían en Nueva York era un pisito de dos habitaciones, muy confortable, pero lo que le daba un toque especial eran las ventanas del suelo al techo que dominaban el parque desde el piso dieciséis. Incluso en esta mañana fría y gris de marzo, la vista del parque era hechizante.

Café, los periódicos y Central Park. Una forma estupenda de iniciar el día. Y antes de que termine, veré a Jack, pensó. Recordó de repente una discusión sostenida en una de sus clases de inglés de la universidad. La esperanza y el anhelo constituyen la mitad de la alegría de vivir. Regan sonrió. Casi siempre era cierto, pero estar con Jack era muchísimo mejor que anhelarlo. ¡Ya estoy harta de anhelos!, pensó. Ha llegado el momento de vivir.

Regan abrió uno de los periódicos, un diario que siempre le gustaba leer cuando estaba en Nueva York. Las primeras páginas incluían los artículos acostumbrados sobre conflictos acontecidos en la Gran Manzana —como acostumbraban llamar a su ciudad los neoyorquinos—, que abarcaban diversos grados de gravedad. Medidas enérgicas contra los motoristas que causan embotellamientos de tráfico y peatones que invaden la calzada sin tomar precauciones, un banco atracado en el centro de la ciudad, ruidos procedentes de una obra que enloquecen a los vecinos.

Entonces, Regan volvió la página y lanzó una exclamación. En mitad de la página había una foto de ella con su madre en la fiesta de inauguración de la convención de escritores de novelas policíacas. Un breve titular describía los planes para los cuatro días siguientes.

El epígrafe situado bajo la foto rezaba: «Los escritores de novelas policíacas se reúnen desde hoy hasta el domingo para escuchar a expertos en todos los aspectos de la lucha contra el crimen. La famosa escritora Nora Regan Reilly preside la convención. Su hija Regan no es ajena al tema. Es una detective privada que ha venido en avión desde su casa de Los Ángeles para asistir a las conferencias y seminarios, y por supuesto, a las fiestas».

«¡La casa de Los Ángeles!», pensó Regan. Un apartamento de una habitación. «¡Ha venido en avión!» Asiento de segunda clase en un vuelo que servía bollos congelados. Quien dijo que todo es una ilusión no andaba errado. Al menos, la foto era muy buena.

Regan, clasificada como Irlandesa Morena por su cabello oscuro, piel clara y ojos azules, tenía el brazo alrededor de su madre, la cual, con un metro sesenta de estatura, era ocho centímetros más baja que Regan. Sí que parecían madre e hija, aunque Nora era rubia. Regan había heredado el color del pelo de su padre, cuyo cabello exhibía ahora un plateado distinguido, pero había sido oscuro en su juventud. Luke medía un metro noventa y dos, de manera que la estatura de Regan no concordaba con la de sus progenitores. Al ser hija única, Regan era el resultado exclusivo de la mezcla de sus genes. Para que luego hablen del azar.

—Ese café huele de maravilla.

Regan se volvió y vio a su madre de pie en la puerta de la cocina, con una bata de seda rosa alrededor de su esbelto cuerpo. Su cara, desprovista de maquillaje, poseía una belleza serena. Bostezó y cogió una taza de porcelana y un platillo del armarito contiguo. Algo impulsaba a Nora a utilizar los mejores platos cuando se alojaba en el apartamento de Nueva York. Regan pensaba que era debido a la vista del parque. Cuando bebes en una taza de porcelana a primera hora de la mañana, experimentas la sensación de encontrarte en una película elegante de los años cuarenta. Ni una taza de plástico ni una lata de cerveza a la vista.

—¿Algo interesante en el periódico?

—Si crees que nosotras somos interesantes, la respuesta es sí.

—¿Eh?

Nora miró por encima del hombro de Regan.

Regan señaló la fotografía.

—Mamá y yo.

Nora rió.

—Qué encanto —dijo, mientras se inclinaba para examinarla—. Buena publicidad para la convención. Quiero estar en el Paisley esta mañana antes de las diez. Estoy segura de que habrá rezagados peleando por un sitio.

El Paisley era un hotel antiguo de mediados de los cincuenta, de mediano tamaño, junto a la Séptima Avenida, que había conocido tiempos mejores, pero poseía un cierto encanto marchito y tenía el tamaño perfecto para la convención. Lo bastante grande para albergar todos los seminarios, y lo bastante pequeño para resultar acogedor. Nora había llegado a un acuerdo con el hotel que incluía café gratis y tantas sillas de tijera como fueran necesarias.

Sonó el teléfono. Regan echó un vistazo al reloj de la repisa.

—Aún no son ni las ocho. ¿Quién podrá ser?

—Espero que no sean malas noticias —dijo Nora angustiada, mientras se enderezaba y cogía el teléfono de pared de la cocina.

«Somos tan irlandeses», pensó Regan. ¿Cómo era esa frase? Los irlandeses poseen un sentido constante de la tragedia que nos afecta hasta en los mejores momentos. Lo cual significaba que cualquier llamada anterior a las ocho de la mañana y posterior a las once de la noche sólo podía significar problemas graves. Ni siquiera se paraban a pensar en que podía ser alguien que prefería hablar cuando las tarifas eran más baratas.

Regan examinó la expresión de su madre. En cuanto Nora reconoció al que llamaba, se relajó y sonrió.

—Thomas, ¿cómo estás?

Thomas qué, se preguntó Regan.

—No te preocupes. No nos estás molestando...

Ah, claro, pensó Regan. Nuestros corazones sólo se han paralizado unos segundos. Y esa descarga de adrenalina cuando el teléfono sonó me proporcionó el empujón necesario.

—Sí, Regan está aquí. Te la paso... —Nora tendió el teléfono a Regan—. Es Thomas Pilsner.

Regan enarcó las cejas.

—Ah —murmuró sorprendida.

Thomas, un excéntrico adorable, era el último presidente del Settler's Club. Regan y él se habían hecho amigos cuando ella asistió a una cena de los escritores de novelas policíacas con su madre el pasado otoño.

—Hola, Thomas —dijo Regan con jovialidad, mientras recreaba en su mente la cara de bebé del joven y la mata de cabello castaño oscuro que parecía una gran ola. Regan opinaba que podría entrar en una foto de cien años antes y no parecer fuera de lugar.

—¡Regan! ¡Oh, Dios mío, Regan! —gritó Thomas como un histérico. Al parecer, había ocultado a su madre su auténtico estado de ánimo.

—¿Qué pasa, Thomas?

—Apenas he dormido en toda la noche. Después, vi tu foto en el periódico cuando me lo entregaron a las seis de la mañana, y esperé todo lo que pude para llamarte. ¡Oh, Dios!

—Thomas, cálmate. Dime qué pasa.

—Anoche murieron dos de nuestros miembros ancianos.

—Lo siento —dijo Regan, mientras pensaba que la intuición irlandesa sobre las llamadas anteriores a las ocho de la mañana había demostrado ser cierta por una vez. Casi podía oír a su madre gritando con aire de triunfo, «¡Te lo dije!»—. ¿Qué les pasó?

—Uno de ellos sufrió un infarto delante de un autobús, y el otro resbaló anoche en su bañera. Pero si quieres saber mi opinión, algo huele mal. —La voz de Thomas era temblorosa, y sus palabras se sucedían como un torrente—. No sólo huele. ¡Apesta! Ayer mismo comí con los dos. Me dijeron que pensaban vender cuatro valiosos diamantes y donar los ingresos al club. Eso habría significado cuatro millones de dólares para nosotros.

—Bien, ¿y qué puede impedirlo?

—¡Los diamantes han desaparecido!

—¿Desaparecido?

Thomas contó a Regan todo lo sucedido el día anterior.

—Y la caja roja con los diamantes no está con el resto de las joyas. Ha desaparecido.

—¿Qué dice la policía?

—Bien, no estoy muy seguro.

—¿Por qué?

—Porque me desmayé.

—Oh, querido.

—Fue muy violento. Cuando recobré el conocimiento, me llevaron a mi apartamento, y el médico me dio un sedante para dormir bien. Estaba conmocionado.

—Pero no dormiste bien.

—¡Qué va! Al cabo de un par de horas estaba despierto de nuevo. Es horrible pensar que Nat y Ben han muerto, pero estoy convencido de que alguien intenta disimular un crimen y un robo. La policía cree que Nat se golpeó en la cabeza, pero yo creo que alguien entró aquí, le mató y robó los diamantes.

—No tendrás nada por escrito acerca de sus intenciones de donar el dinero de los diamantes al club, ¿verdad?

—No. Todo ocurrió ayer. Iba a anunciarlo en público el sábado por la noche, durante la fiesta de nuestro centenario.

—Pero ¿tú viste los diamantes?

—Estuvieron al lado de mi ensalada durante casi toda la comida. De vez en cuando me dejaban abrir la caja para echarles un vistazo. Eran hermosísimos.

—¿Cabe la posibilidad de que Ben se llevara los diamantes a casa?

—Eso también sería horrible.

—¿Por qué?

—Porque su cartera había desaparecido cuando le trasladaron al hospital. Si llevaba los diamantes encima, se los habrían robado también. Por suerte, encontraron en su bolsillo la tarjeta del Settler's Club.

—La caja roja podría estar escondida en algún sitio de su apartamento.

—No lo creo.

—¿Por qué?

—Porque Nat comentó durante la comida que estaba muy contento, porque nunca más tendría que preocuparse por olvidar la combinación de la caja fuerte.

—¿Por qué compartían la propiedad de los diamantes?

—Los dos eran joyeros. Formaban parte de un grupo de cuatro joyeros que jugaban a las cartas cada semana en el apartamento de Nat, durante estos últimos cincuenta años. Se hacían llamar los Naipes, por las picas, tréboles, corazones y diamantes de la baraja. El palo de diamantes era su favorito, por supuesto. Todo se remonta al día en que cada uno llevó a una partida el diamante más valioso que poseía. Hicieron un pacto de no hablar a nadie de las joyas (excepto a Wendy, la esposa de Nat, que estaba en el apartamento aquella noche), y el último en sobrevivir se quedaría con los diamantes. El superviviente se queda con todo, dijeron. Bien, dos de ellos murieron el año pasado, antes de que me nombraran director. También eran socios del club. Al acercarse el centenario del club, Nat y Ben decidieron destinar los diamantes a una buena obra, en lugar de esperar a que sólo quedara vivo uno para disfrutar del dinero. ¡Pero ahora han muerto los dos!

—Me pregunto qué pensará la policía.

—¡Que yo me quedé con ellos, no me extrañaría nada!

—¿Por qué?

—Porque conocía su existencia.

—Pero tú se lo mencionaste. ¿No dijiste que la existencia de los diamantes era un secreto?

—Hubo una filtración en el club. Había gritos y susurros, Regan. ¡Gritos y susurros! La gente se enteró de los planes del sábado. Tal vez fue el camarero, no lo sé. Si yo no hubiera dicho nada, y no hubiesen sido donados al club, la gente habría preguntado dónde están. Habría parecido que los estaba guardando para mí

—Entiendo —dijo Regan.

—¿Podría convertirme eso en sospechoso?

Regan carraspeó.

—Thomas, la policía siempre investiga a todos los que tuvieron motivos u oportunidades para cometer un crimen.

—Por eso te necesito, Regan.

—¿Qué quieres que haga?

—Instálate aquí, Regan, por favor. Ayúdame a resolver este lío. Ayúdame a recuperar esos diamantes. Ayúdame a limpiar mi nombre. ¡Ayúdame a asegurar el futuro del Settler's Club!

«¿Eso es todo?», se preguntó Regan.

—Thomas, sólo estaré unos días por aquí. El lunes he de volver a Los Ángeles. Estoy en mitad de un caso.

—¡Me da igual! Ven a pasar el fin de semana, al menos. Intenta averiguar algo en el poco tiempo de que dispones. —Hizo una pausa—. Te necesito, Regan —dijo en tono de súplica—. No sé qué más hacer.

Regan miró a su madre, que estaba sentada a la mesa y estudiaba a Regan con expresión de curiosidad.

—De acuerdo, Thomas —dijo Regan—. Iré a instalarme en el club. Estaré ahí a eso de las diez.

—Regan, sabía que eras la persona a la que debía llamar. Llegarás al fondo de esto.

—Espero no decepcionarte, Thomas. Haré lo que pueda. —Cuando Regan colgó el teléfono, se volvió hacia su madre—. Siempre dijiste que te gustaría que trabajara en Nueva York.

4

—Buenos días, Princesa del Amor —anunció Maldwin Feckles, cuando entró con una bandeja de café caliente, zumo de naranja recién exprimido y cruasanes crujientes en el dormitorio a oscuras de su patrona—. Es hora de levantarse, resplandecer y llevar por el buen camino a la gente.

Dejó la bandeja sobre una mesa contigua a la cama de metro cincuenta de anchura y abrió las cortinas.

Los ojos de Lydia parpadearon cuando gruñó:

—¿Qué hora es?

—Las ocho en punto. La hora en que me ordenó que le sirviera el desayuno.

—¿Estaba soñando, o pasó de verdad lo que pasó anoche?

Maldwin suspiró. Era un hombre bajo algo envarado, con mechones de pelo oscuro que, si gozaran de tal oportunidad, se proyectarían desde ambos lados de la cabeza de forma caótica, pero estaban sujetos firmemente en su sitio por un potentísimo gel, y una cara de piel suave como la de un bebé.

—Temo que nuestro vecino Nat falleció, en efecto.

—Fallecer no es la palabra —dijo Lydia mientras se incorporaba—. Partió de este planeta de forma demasiado dramática.

Bostezó mientras cogía una mañanita de plumas rosa que cubría la parte superior de su camisón de seda rosa. Desde que había heredado dos millones de dólares de una vecina anciana en Hoboken, no sólo se había trasladado a un ático en Nueva York, sino que también había lanzado un servicio de contactos a gran escala, llamado con mucha inteligencia Contactos Significativos. Celebraba fiestas en su elegante hogar para reunir a los clientes. También había decidido que siempre debía cultivar su papel de Princesa del Amor.

Costaba mucho creerlo.

A la madura edad de treinta y ocho años, los sueños más inverosímiles de Lydia se habían convertido en realidad. Había pasado de vivir en un pequeño estudio, en un barrio de mala muerte, a tener un mayordomo que la adoraba. Todo porque había hecho algunos recados para la señora Cerencioni, que aparentaba no tener dinero ni para pagar el recibo de la luz.

Huelga decir que Lydia se había liado, por desgracia, con un cazafortunas que fue su novio durante cinco minutos, antes de que ella lograra quitárselo de encima, pero aún dejaba mensajes en el contestador y enviaba cartas de amor. Todo ello muy molesto.

Pero ahora, las cosas aún podían empeorar más. Después de todo el dinero que había invertido en amueblar el apartamento y montar su negocio, existía el peligro de que el club tuviera que cerrar las puertas y vender el edificio. Justo cuando ella y Maldwin habían encarrilado sus respectivos negocios, tendría que encontrar un lugar nuevo para vivir y trabajar. Y pensar que el club podría haberse salvado gracias a los diamantes de los que todos habían oído hablar anoche, y que ahora habían desaparecido.

—Tanta confusión y tanta muerte —dijo Lydia, mientras cogía el vaso de zumo de naranja y daba golpecitos sobre él con sus largas uñas rojas—. ¿Crees que la gente tendrá miedo de acudir a mis fiestas a partir de ahora?

Maldwin ahuecó la almohada donde la mujer apoyaba su cabello rubio teñido.

—Será una novedad que redundará en nuestro beneficio. Nadie la acusará jamás de dar fiestas aburridas. Al fin y al cabo, el arte de formar parejas debería ir envuelto en un halo de misterio.

—Pero ¿y si los periódicos publican que algunos de mis invitados se sintieron molestos por la llegada de la policía?

—Bastará con que escriban bien el nombre de usted. Y el nombre de mi escuela de mayordomos. —Maldwin resopló—. Señorita Lydia, recuerde lo que decidimos cuando nos asociamos.

—La mala publicidad no existe.

—Exacto.

Maldwin volvió hacia la puerta del dormitorio.

—Pero, Maldwin, estoy preocupada.

Maldwin esperó.

—Si hemos de buscar un nuevo lugar donde vivir, será muy caro. Mi papel de cartas personalizado cuesta una fortuna, y la gente se acostumbra a ir a un lugar fijo para este tipo de fiestas. Vivir en Gramercy Park las dota de un *certain je ne sais quoi*.

Maldwin se encogió. No podía soportar que hablara en su francés de colegiala. Su acento era espantoso.

—Lo sé, Princesa —dijo—, pero hemos de seguir adelante. La fiesta de mañana por la noche debería atraer a nuevos miembros del club. Con suerte, esos diamantes serán recuperados y seguiremos como ahora. —Se alisó el pelo y ajustó su anillo rosado—. Mis alumnos no tardarán en llegar. Nos vamos a una excursión de estudios a una ciudad llena de tiendas de antigüedades verdaderas, en la parte oeste de Nueva Jersey. Supongo que volveremos por la tarde.

—Y yo voy a continuar con mis ejercicios —gruñó Lydia—. No lo olvides. Esta noche hemos de ir al estudio de Stanley para la entrevista. El domingo por la noche quiere transmitir el especial sobre el club y nosotros. ¿Cuántos espectadores reúne esa cadena por cable?

—Temo que los canales gratuitos de barriada no atraen a las masas, Princesa del Amor. Pero es un comienzo.

—He recorrido un largo camino desde mi estudio sin armarios empotrados —musitó Lydia—. No quiero volver atrás, Maldwin.

—Nuestros negocios florecerán, señorita Lydia —dijo Maldwin con acento serio—, a cualquier precio.

Emitieron una risita nerviosa al unísono. Maldwin hizo una breve reverencia y cerró la puerta.

5

Regan salió de la ducha, se vistió a toda prisa y se secó el pelo. Apagó el secador, lo dejó sobre el tocador y oyó que sonaba su móvil.

Era Jack. Regan sonrió al oír su voz. Se imaginó su rostro de ojos color avellana y facciones regulares, enmarcado por un pelo rubio que se rizaba en las puntas. Medía un metro ochenta y ocho, era ancho de espaldas y poseía un carisma indiscutible. Muy inteligente e ingenioso, también gozaba de un sentido del humor que había desarrollado gracias a crecer en el seno de una familia numerosa. Tenía treinta y cuatro años, se había criado en Bedford, Nueva York, se había graduado en el Boston College, y había sorprendido a su familia al seguir los pasos de su abuelo y dedicarse a la defensa de la ley.

El abuelo de Jack había sido teniente de la policía de Nueva York. En los doce años transcurridos desde que abandonara la universidad, Jack había ascendido de patrullero a capitán, y después a responsable de la Brigada de Casos Especiales. También había hecho dos másters, y su objetivo era llegar a comisario de la policía de Nueva York.

—¿Cómo fue tu cena de anoche? —preguntó Regan.

—Digamos que habría preferido estar contigo. Oí un montón de discursos aburridos, y después regresé a la ciudad desde Long Island. No llegué a casa hasta las dos.

—Bien, nunca creerás el lío en que me he metido.

—Yo iba a decir lo mismo.

Regan se sentó en la cama.

—Tú primero.

Jack hizo una pausa.

—He de volar a Londres esta noche. Tengo que echar un vistazo a un caso para ayudar a mi colega de Scotland Yard. Pero volveré el domingo.

Regan experimentó una punzada de decepción. «Creo que tendré que resignarme a la esperanza y el anhelo», pensó. Pero lo que dijo fue:

—Yo me voy el lunes.

—Lo sé. Me voy contigo.

Regan rió.

—¿De veras?

—Si quieres. Me he tomado unos días libres y quiero estar contigo.

—Yo también quiero estar contigo —dijo Regan—. El lunes en Los Ángeles suena de fábula.

—¿En qué lío te has metido? —preguntó Jack—. No será otro hombre, espero.

Regan rió.

—Llamó otro chico, pero no tienes por qué preocuparte.

Le contó la conversación con Thomas.

—De modo que tú también trabajas este fin de semana. Pasaré a recogerte y te acompañaré a Gramercy Park —se apresuró a decir Jack—. No puedo esperar al domingo para verte.

—Yo iba a decir lo mismo.

Jack rió.

—Llegaré dentro de media hora.

Regan colgó el teléfono. Dios existe, pensó.

6

Thomas Pilsner estaba sentado ante el escritorio de su despacho, situado en el primer piso del Settler's Club, y se retorcía las manos. Por lo general, la visión de la alfombra oriental, las butacas de cuero deslustradas y el bonito escritorio de tapa corrediza le calmaban. Pero hoy no. Su mente volaba incontrolada, y su corazón latía a una velocidad que sólo habría sido aceptable si hubiera acabado de dar la vuelta corriendo a Gramercy Park.

Amaba este lugar. Gramercy Park, con sus gráciles árboles, jardines sombreados, puertas de hierro forjado y aceras de baldosas, era como un espejismo a pocos pasos del centro de Manhattan. El parque constituía el reverenciado centro del barrio. Era un hito al que llamaban la joya de la corona que es Nueva York. Casas de estilo neoclásico, italiano, neogótico y gótico victoriano rodeaban el parque, y uno de los primeros edificios de apartamentos de la ciudad había sido construido en la esquina sudeste.

Todos los habitantes en torno a la plaza recibían una llave de la puerta del parque privado, un paraíso de casi una hectárea de encanto pastoril, accesible tan sólo a los propietarios de las casas circundantes.

La gente experimentaba la sensación de retroceder a otro siglo cuando doblaban la esquina y aparecía el parque ante su vista. El ruido se disipaba, y el tiempo se movía con mucha mayor lentitud. Daba la impresión de que el caos y la confusión de la ciudad desaparecían cuando se dejaban atrás los rascacielos y los embotellamientos de tráfico.

Pero ahora este lugar parece cualquier cosa excepto un paraíso, pensó Thomas, abatido. ¿Por qué no viví aquí hace cien años, cuando escritores, pintores y arquitectos habitaban en estos hermosos edificios, y la vida era mucho más civilizada? ¿Cuando el club no padecía estas dificultades económicas?

Thomas se sonó la nariz e hizo un esfuerzo por calmarse. Regan va a venir, pensó. Ella me echará una mano.

Sonó el teléfono de su escritorio.

—Regan Reilly está aquí —dijo el guardia de seguridad.

—Hágala entrar.

Jack rodeaba la espalda de Regan con su brazo, mientras la guiaba escalera arriba hasta el primer piso, y por el pasillo hasta el despacho de Thomas.

—Esto no parece adecuado para la Brigada de Casos Especiales, pero ardo en deseos de saber lo que pasa —dijo a Regan.

Thomas los recibió en la puerta.

—Regan —exclamó—, justo a tiempo.

Regan presentó a Jack. Se sentaron en las sillas que había al otro lado del escritorio de Thomas.

—Jack ha de irse pronto —dijo Regan—, pero trabaja con la Brigada de Casos Especiales en Manhattan y es un buen amigo mío. Ha venido para ayudarnos.

Thomas echó un vistazo a Jack.

—Necesito toda la ayuda que pueda reunir.

—Ya he informado a Jack sobre lo que me contaste —dijo Regan—. ¿Qué más puedes decirnos sobre lo ocurrido aquí?

—Me contrataron el pasado septiembre, después de licenciarme en Estudios Empresariales, para tratar de insuflar nueva vida al club. Tal vez no lo aparente de puertas afuera, pero el edificio se está cayendo a trozos. Necesita muchas obras, y nuevos miembros. Con tantos gimnasios que crecen como hongos, la gente ya no ingresa en los viejos clubes.

Regan asintió, como si le animara a continuar.

—He hecho todo cuanto he podido por atraer gente. Una compañía cinematográfica va a utilizar la sala de recibo esta tarde para rodar unas escenas de su última película. Celebramos una fiesta de gala mañana por la noche. El club cumple cien años. Por eso Nat y Ben decidieron hacer la donación en este momento. Habría suscitado mucho entusiasmo y publicidad. Era nuestra única oportunidad. Incluso había contratado a un par de reporteros para que vinieran a cubrir la fiesta. Pero ahora no habrá donación, y encima he de ocultar que tal vez se cometieron un asesinato y un robo en este lugar. ¿Quién se haría socio de un club en el que han sucedido cosas tan horribles?

Thomas rompió el lápiz que sujetaba en las manos y tiró los pedazos sobre el escritorio. Le sudaba el labio superior.

—¿Cuántos apartamentos hay en el piso de este hombre? —preguntó Regan.

—Sólo dos. Son áticos.

—¿Había alguien al otro lado del pasillo anoche? —preguntó Jack.

Thomas puso los ojos en blanco.

—¡Como siempre! La mujer que vive en ese apartamento organiza fiestas para solteros. Tiene una agencia de contactos. Anoche había cierta actividad.

—Bien, alguien de la fiesta pudo acceder al apartamento de Pemrod —sugirió Regan.

—También tiene un mayordomo que dirige una escuela de mayordomos aquí. Cuenta con muy pocos estudiantes, pero estaban trabajando en la fiesta. Cuando la policía me ayudó a bajar después de desmayarme, todo el mundo estaba mirando. ¡Fue terrible!

—¿Podrías haber dejado la puerta abierta cuando bajaste corriendo después de descubrir el cadáver de Nat? —preguntó Regan—. Habría habido tiempo suficiente para que alguien robara los diamantes y saliera antes de la llegada de la policía.

—Supongo que sí —admitió poco a poco Thomas—. Estaba fuera de mí. No te encuentras cada día a alguien flotando en la bañera. Tendría que haber llamado a la policía desde allí...

Regan suspiró.

—¿Había gente en el pasillo antes de que corriera la voz de la muerte de Nat?

—Había gente que salía a fumar a la terraza que hay al final del pasillo. Lydia no permite que la gente fume en su apartamento.

—¿Y alguien se había enterado de la existencia de los diamantes? —preguntó Jack.

—Por lo visto, la noticia había corrido por la casa.

—Tal vez Nat o Ben contaron a alguien sus planes —dijo Regan—. Es la clase de secreto que cuesta guardar. ¿Nat tenía algún pariente?

—Acabo de hablar con su único pariente, un hermano que vive en Palm Springs. Se llama Carl Pemrod. No sabía nada de los diamantes. Ya no puede viajar, de modo que no vendrá. El cuerpo de Nat será incinerado. Carl quiere que le llames, Regan. Tengo su número de teléfono. Conoció a tu madre una vez, cuando dio una charla en la biblioteca de allí.

Dijo que te podías alojar en el apartamento, y que hicieras lo que fuera necesario.

Regan alzó los ojos.

—¿Alojarme en el apartamento?

—Sí. Nuestra suite de invitados, que está en el sótano, se inundó, y huele mal. También podrías quedarte en mi apartamento, pero sólo hay un dormitorio. Yo dormiría en el sofá.

—No —replicó Regan, casi con excesiva celeridad—. Me instalaré arriba. Supongo que a la policía no le importará.

—No tomaron ninguna precaución, porque en teoría fue un accidente. ¡Ojalá lo hubieran hecho!

—¿Tiene dos dormitorios y dos baños? —preguntó Regan.

—Sí.

—Estupendo. Preferiría no utilizar el cuarto de baño en el que le encontraron.

Sonó el teléfono del escritorio de Thomas. Mientras descolgaba, Jack se apoderó de la mano de Regan.

—He de irme. Sal conmigo.

Regan le acompañó hasta la puerta de entrada. De pronto, el día parecía más frío, y el cielo presentaba un gris más ominoso.

Jack agarró las solapas de la chaqueta de Regan.

—Ojalá no tuviera que irme.

—Lo mismo digo. —Regan apoyó la cabeza contra el hombro de Jack—. Ese apartamento me parecerá solitario y siniestro cuando esté sola.

Jack rió y la rodeó entre sus brazos.

—Cierra con llave las puertas, nena. Llamaré a la comisaría del distrito 13 y hablaré con los que estuvieron aquí anoche. En cuanto lo haga, te avisaré y conseguiré los informes. Mantente en contacto con estos chicos.

—Vaya, me parece que voy a conducir esta investigación yo solita. No da la impresión de que deseen perseverar.

—No hay señales de que forzaran la puerta. Las joyas estaban a la vista de todo el mundo. Ninguna carta que aludiera a los diamantes. Un viejo resbala en la bañera. Podrían estar trabajando bajo la presunción de que no fue un crimen.

—Pero yo creo a Thomas. Esos diamantes han de estar en algún sitio.

—Aun así, si la donación no consta en el testamento de Nat, los diamantes irán a parar a su hermano.

Regan se encogió de hombros.

—Lo investigaré todo. —Sonrió—. Creo que los dos vamos a pasar un fin de semana movido.

Jack se inclinó y la besó.

—El domingo será el mejor día.

Regan se volvió y miró hacia el club. Tenía un aspecto algo siniestro.

—Si llego al domingo —dijo.

7

Hacía un día frío y húmedo en las colinas ondulantes de Devon, Inglaterra. La lluvia repiqueteaba con un sonsonete lúgubre contra las ventanas de la casa rural de Thorn Darlington, hogar de su famosa Escuela de Mayordomos. Thorn estaba de mal humor desde hacía varias semanas, coincidiendo con el inicio de las clases para mayordomos dirigidas por Maldwin Feckles en Nueva York.

—Sé que su escuela será lastimosa, pero lo hace para arruinarme —había gritado Thorn cuando se enteró de la noticia—. Sabía que yo pensaba abrir una sucursal de la Escuela de Mayordomos Thorn Darlington allí el año que viene. ¡Me ha robado la idea! ¡A posta!

Thorn hundió su rotundo cuerpo en una butaca de cuero, que chirriaba a modo de protesta siempre que se sentaba. Bebió el té que su mayordomo acababa de servirle. Le dolía todo el cuerpo. Daba la impresión de que aquel tiempo horrible se le metía en los huesos, y los agravios del día le estaban poniendo fuera de sí. Su Escuela de Mayordomos Thorn Darlington, que existía desde hacía más de treinta y cinco años, estaba a punto de empezar un curso de repaso de dos semanas, peor que el programa intensivo de seis semanas. A menudo el curso sólo recibía el comentario de un montón de «ya-lo-sé». Thorn sabía que sólo querían el certificado de Thorn Darlington, lo que aumentaría sus posibilidades de encontrar un empleo adecuado. Thorn soportaba estas actitudes porque, después del curso, casi todos encontrarían trabajo mediante la agencia de colocación del propio Thorn.

Qué bien se lo había montado.

Thorn mordió una galleta. Mientras masticaba, la arruga del entrecejo se iba haciendo cada vez más profunda, y sus pobladas cejas no paraban de subir y bajar. Sólo pensar en la desfachatez de Maldwin Feckles le volvía loco. Además, se había enterado de que Maldwin estaba consiguiendo publicidad para aquella maldita escuela, publicidad que debería estar reservada para él. Feckles iba a salir en la televisión de Nueva York con sus estudiantes. ¡Era enloquecedor!

Muchas nuevas escuelas para mayordomos habían intentado imitar a la escuela de Thorn Darlington, con el propósito de robarle clientes, pero todas habían cerrado sus puertas al poco tiempo, tras fracasar miserablemente. Ahora, Thorn estaba preparado para conquistar Nueva York, y no tenía la menor intención de permitir que un advenedizo chiflado como Maldwin Feckles se interpusiera en su camino.

En otoño, Maldwin había seguido el curso de repaso de Thorn, pero había salido como una exhalación del despacho de Thorn cuando se dio cuenta de que no estaba entre los aspirantes que serían entrevistados para un empleo que necesitaba con desesperación. Dijo que Thorn lo lamentaría.

Thorn se había limitado a resoplar y reír.

Maldwin se fue de vacaciones a Nueva York, donde encontró por casualidad un trabajo de mayordomo, y después empezó con las clases. Hasta el momento, Thorn había sido incapaz de impedírselo.

Sonó el teléfono de la mesita contigua, lo cual exacerbó sus nervios hasta el límite. Contestó, muy irritado.

Pocos momentos después, la primera sonrisa de oreja a oreja en varias semanas se dibujó en su cara mofletuda.

—¿Una muerte sospechosa y un posible robo justo delante de la escuela de mayordomos de Maldwin? ¡Delicioso! Creo que no será muy difícil crear más problemas ahí, ¿verdad? —La risa infrecuente de Thorn retumbó en su tenebroso despacho—. El viejo Maldwin Feckles se va a arrepentir lo indecible de haber metido las narices en el negocio de dirigir una escuela para mayordomos. Lo indecible.

8

Daphne Doody había vivido en un apartamento de la planta baja del Settler's Club durante casi veinte años, pero en todo ese tiempo no había visto nada que pudiera compararse con la agitación de las últimas veinticuatro horas.

En primer lugar, la noticia de la generosa donación que iban a hacer Nat Pemrod y Ben Carney había corrido por todo el club como un reguero de pólvora. Después, la visión del cadáver de Nat cuando lo sacaban, unas horas después. Y la noticia del fallecimiento de Ben y la desaparición de los diamantes. Era una locura.

Daphne había cruzado el comedor ayer cuando Nat y Ben estaban comiendo con Thomas Pilsner. Tenían aspecto de pasárselo tan bien, que Daphne confió en que la llamaran para reunirse con ellos. Pero no lo habían hecho. A veces ganas y a veces pierdes, pensó en aquel momento, mientras reprimía la irritación por el hecho de que la hubieran ignorado. No cabía duda de que era una comida de hombres. La última de Nat y Ben, a la postre.

Daphne había comprado el apartamento cuando tenía cuarenta años, y ganaba montones de dinero poniendo la voz para anuncios publicitarios y dibujos animados. A lo largo de los años, había aparecido en muchas producciones del off-Broadway, interpretando papeles cómicos. Aunque trabajaba más que la mayoría de los actores, aún le quedaba mucho tiempo libre para dedicarlo a fisgonear en los asuntos de los demás residentes y miembros del Settler's Club. Había estado casada una vez, cuando tenía veinte años, con un hombre junto al cual había hecho una escena en una escuela de interpretación. Por desgracia, se había enamorado del personaje que interpretaba. No tardó mucho en descubrir que no era Rhett Butler.

Ahora, Daphne tenía sesenta años y estaba tan pletórica de energía como en su juventud. Siempre había deseado volver a casarse, lo cual no había sucedido, para su decepción. No tenía familia, de modo que siempre decía que sus amigos eran su familia, y solía celebrar fiestas y reuniones en su apartamento. Incluso había gente que iba a escucharla tocar el piano. Estas fiestas con piano terminaron bruscamente, cuando cometió el error de pasar el plato, lo cual ofendió a varios de sus invitados. Claro que lo hizo en un momento de extrema angustia, cuando había perdido un anuncio y tenía miedo de no volver a trabajar.

Todavía pelirroja, gracias a desplazamientos mensuales al salón de belleza local, Daphne era una mujer atractiva con pinta de vivir en Greenwich Village. Utilizaba sobre todo boinas, bufandas, faldas largas y botas de cordones. El espíritu bohemio y la sensibilidad artística de Daphne la habían atraído hacia el Settler's Club. Al fin y el cabo, el club había sido fundado por un caballero que aborrecía la pomposidad de otros clubes de la ciudad. Había querido gente con espíritu aventurero, gente que apreciara las artes. También creía que las mujeres deberían ser aceptadas como miembros de pleno derecho. ¿Qué mejor lugar para conocer a gente interesante?, había pensado Daphne veinte años atrás.

Mientras estaba sentada en su apartamento leyendo su diario favorito, el *New York World*, en el que destacaba un artículo sobre un anciano que se jubilaba del trabajo de portero en el Plaza después de más de cincuenta años de servicios, suspiró. Ha visto montones de cosas, pensó. Y yo también, gracias a vivir en la planta baja de este antro.

Dejó el periódico. Era hora de vestirse. Al fin y al cabo, hoy soy una actriz en activo.

Daphne se las había ingeniado para conseguir un trabajo de sustituta de una de las actrices que aparecían en la película que rodaban aquel día en el Settler's Club. Es cierto que no era lo mismo que un papel de verdad, pero al menos conocería a gente del oficio. Y necesitaba conocer a gente nueva. Los miembros del club estaban cayendo como moscas.

Oyó la voz de Thomas en el pasillo. Corrió a la mirilla y aplicó el ojo. Thomas iba caminando junto a una joven que le resultaba familiar. ¿Quién era?

—¡Espera un momento! —susurró Daphne—. Acabo de ver su foto en el periódico. Es Regan Reilly, una detective privada. ¡Thomas la habrá llamado!

—¿Estás segura de que no te importa alojarte en el apartamento de Nat? —preguntó Thomas.

¡Alojarse en su apartamento! Daphne dejó caer la mirilla. Ahora no tengo tiempo, pensó, pero subiré después con una bandeja de mis galletas, y le ofreceré mi colaboración. Le hablaré de esas fiestas que se celebran al otro lado del pasillo, y que no aceptan a mujeres de determinades edades. Y, mientras corría al cuarto de baño para acicalarse, se puso a canturrear un famoso tema de los Byrds, inspirado en un texto del Eclesiastés:

—«*There is a season, turn, turn, turn*».

9

Regan siguió a Thomas hasta el apartamento de Nat. Las paredes del pasillo alfombrado estaban cubiertas de *collages* enmarcados de fotos en blanco y negro que plasmaban décadas de fiestas en el Settler's Club.

—Hay un montón de historia aquí —comentó Regan.

—Cien años de historia, Regan —dijo Thomas, mientras abría la puerta de la pesada puerta de madera del apartamento de Nat. Se abría a un vestíbulo de madera chapada. A la derecha, Regan vio la espaciosa sala de estar.

—Y durante los últimos cincuenta años, Nat llamó a este apartamento su hogar —dijo Thomas en voz baja cuando entró.

—Uno de esos enormes apartamentos antiguos —dijo Regan.

En la sala de estar, los ojos de Regan se fijaron en la diminuta vidriera del rincón.

—Un maravilloso lugar para escaparse —dijo Regan—. Mira esas ovejas.

Thomas sonrió con pesar.

—La leyenda dice que Nat y su mujer las compraron hace años. Cuando eches un vistazo al apartamento, te darás cuenta de que Wendy tenía debilidad por las ovejas. De hecho, fue su expreso deseo que, cuando ambos hubiesen muerto, estas dos ovejas serían colocadas en un lugar de honor de la sala de recibo. Creo que debería bajarlas lo antes posible.

—¿Cuándo murió ella? —preguntó Regan.

—Hace tres años. Llevaban casados cuarenta y cinco años.

Regan suspiró.

—Eso es muy duro. Debía de sentirse muy solo.

—Nat no cambió nada después de que ella muriera. Sobre el tocador de su cuarto de baño todavía están todos los perfumes y cosméticos de Wendy, tal como ella los dejó. Nat dijo que siempre esperaba verla salir del cuarto de baño y sentarse a esa mesa para cepillarse el pelo, antes de ir a la cama.

—Pero él tenía buenos amigos.

—El grupo con el que jugaba a las cartas eran sus mejores amigos.

Regan se acercó al escritorio antiguo.

—Aquí es donde estaban las joyas.

Thomas parecía apenado. Se limitó a asentir.

—¿Dónde está la caja fuerte?

—Detrás de esos libros.

Thomas quitó varios volúmenes antiguos de una de las estanterías inferiores y los dejó sobre el escritorio. Después, apartó a un lado el empanelado para dejar al descubierto la caja fuerte.

—Está muy bien escondida —dijo Regan—. Mi madre tiene una caja fuerte en el ropero de su dormitorio, pero a plena vista. Hace un par de años, entraron a robar en la casa y reventaron la caja. Robaron todas sus joyas de valor. Siempre dijo que era más seguro cuando las escondía dentro de una caja en el desván.

Thomas asintió.

—Mi abuela siempre escondía sus joyas, pero nunca conseguía recordar dónde las había puesto. Después de su muerte, tuvimos que ir con mucho cuidado antes de tirar algo. Encontramos joyas escondidas en compartimientos secretos de libros.

—Una de las cosas que quiero hacer, Thomas, es llevar a cabo un registro preliminar del apartamento para ver si los diamantes están aquí.

—De acuerdo, pero sigo diciendo que estaban guardados en una caja roja dentro de la caja fuerte.

Sonó el timbre de la puerta.

—¿Qué demonios...? —se preguntó Thomas, mientras corría hacia la puerta.

Regan esperó, al tiempo que confeccionaba una lista mental de todas las cosas que debía hacer para inciar su trabajo. Fíjate en todos estos libros, pensó. La caja roja podría estar escondida en cualquiera de ellos.

Un sonido no muy diferente del aullido de un lobo solitario en la estepa resonó en todo el apartamento. Regan corrió a la puerta. Thomas estaba apoyado contra la pared, con una pequeña caja roja de terciopelo en las manos. Una mujer cincuentona vestida con el uniforme de camarera estaba en el pasillo con una expresión compasiva en el rostro, al tiempo que chasqueaba la lengua. Regan pensó que se parecía a Edith Bunker, conocido personaje de una teleserie.

—¿Qué ha pasado? —preguntó Regan.

—Esta mañana oí hablar de la caja roja desaparecida. ¡La he encontrado! Sabía que Thomas estaba aquí, de modo que subí enseguida.

—¡Está vacía! —gritó Thomas.

—¿Dónde la encontró? —preguntó Regan.

—En la papelera del despacho de Thomas.

Regan miró a Thomas, cuya expresión clamaba «trágame tierra».

10

La sede mundial de Biggest Apple Productions se hallaba en el apartamento de Stanley Stock, presidente, fundador y único empleado de la organización. En realidad, el apartamento era una antigua gasolinera del Lower West Side de Manhattan, pero gozaba de una bonita vista sobre el Hudson. Stanley la había convertido en su casa y despacho, con dos sillas plegables apoyadas en un rincón, que utilizaba cuando entrevistaba a los invitados en su programa semanal de la televisión gratuita. Justo encima del plató había una ristra de neumáticos de aspecto esponjoso, recuerdo de los viejos tiempos. Un leve tufillo a gasolina flotaba todavía en el ambiente, y algunos decían que afectaba a la capacidad de raciocinio de Stanley.

La gasolinera había pertenecido al padre de Stanley, y Stanley había trabajado de vez en cuando en ella a lo largo de los años. Como no había heredado el talento para la mecánica de su padre, Stanley había pasado la mayor parte de sus cincuenta y ocho años trabajando como vendedor para distintas empresas. Había vendido de todo, desde cepillos Fuller a suscripciones a revistas por teléfono. Un tipo afable, no le importaba estar colgado del teléfono cientos de veces al día. Marcaba el siguiente número y peroraba hasta que oía el chasquido. Stanley siempre caía bien a sus compañeros de trabajo, que acababan contándole sus problemas. Stanley siempre se ponía de su parte y les daba la razón en todo.

—Exacto —decía con énfasis, cuando se encontraban alrededor de la fuente de agua fresca o la máquina de café—. ¡Tienes toda la razón!

Toda conversación incluía un «Eso es terrible».

Después del funeral de su padre, celebrado el año anterior, Stanley decidió que ya estaba harto. Dejó su último trabajo, que le había durado como mínimo un mes, cerró con gran pompa las puertas del garaje que había heredado a los coches averiados del mundo y se instaló en él. Consideró que era una medida muy inteligente, la primera medida inteligente que tomaba en su vida. Otras personas del centro de Nueva York vivían en elegantes *lofts* que habían sido almacenes. ¿Qué tenía de malo una gasolinera?

La pregunta que perduraba en el aire con olor a petróleo era, ¿y ahora qué? ¿Qué voy a hacer con el resto de mi vida?, se preguntaba una y otra vez Stanley. Tenía suficiente dinero para ir tirando, pero aún creía que no había dejado su impronta en el mundo. Desde luego, tenía toda la razón.

Stanley descubrió algo absolutamente desconocido para él hasta aquel momento: la ambición. Germinó en su alma cuando descubrió al fin su verdadera vocación.

Por las noches, acomodaba su corpachón en el sofá, cubierto por una funda, y apuntaba el mando a distancia a la televisión que había conectado al elevador que antaño alzaba los coches enfermos en el aire. No obstante, hicieran lo que hicieran, siempre acababa cambiando a la Free-Speech. Era una cadena por cable obligada por la ley a permitir el acceso a quien quisiera. Como resultado, muchos de los programas que emitía eran asombrosamente malos, con valores de producción mediocres, contenido inaceptable y presentadores chiflados. Era tan mala que te impulsaba a parar y mirar, como la escena de un accidente.

Stanley la encontraba divertida.

—Yo puedo hacerlo mejor —gritó por fin—. ¡He de saltar a las ondas!

Armado con una cámara de vídeo, se había pateado las calles de Nueva York. La gente simpatizaba con él, como le había sucedido a sus compañeros de trabajo. Todas las personas a las que entrevistaba le contaban su historia. Tendría que haber sido psiquiatra, pensaba a menudo. Al cabo de poco tiempo tenía un programa llamado «Gripe du jour», que se hizo muy popular. Siempre había gente dispuesta a plantarse ante la cámara y soltar su rollo.

—El idiota de la charcutería me entregó el café en una bolsa marrón empapada, y para colmo la tapa no estaba bien cerrada. La bolsa se rompió y el café se derramó sobre mi abrigo —le gritó alguien el otro día—. ¡No puedo soportarlo!

Por fin, hasta Stanley se cansó. Pensó en iniciar un programa sobre sanaciones, pero no tardó en darse cuenta de que ya había demasiados. Después, cuando volvía a casa la semana pasada con una cámara llena de casos grabados, incluyendo el de un grupo de turistas en Times Square que no paraban de quejarse del metro, Stanley se sentía muy desmoralizado. Abrió la puerta de su vivienda y entró con alivio.

Pasó junto a las máquinas de azúcar hilado y dejó el estuche de la cámara sobre la mesa comodín. Echó un vistazo al correo y tiró sobre la mesa de uno en uno los folletos publicitarios. El último sobre que quedó en su mano parecía algo más interesante. Lo abrió y leyó la carta de Maldwin Feckles, en que anunciaba la inauguración de su Escuela de Mayordomos. Ummmm, pensó Stanley mientras leía. Tal vez pueda convertir esto en algo interesante.

Y lo había conseguido. Anoche, había filmado a los estudiantes trabajando en la fiesta de la Princesa del Amor para solteros de calidad. Lamentó que la fiesta terminara tan pronto, después del alboroto que se montó en el pasillo. Tendría que incorporar lo sucedido a su historia. Como fuera.

Mientras Stanley bebía su segundo café de la mañana, reflexionó sobre el hecho de que, si iba a cubrir la gran fiesta del Settler's Club de mañana por la noche, y si la iba a incluir en su programa, debería rodar algunos planos de Gramercy Park para utilizarlos en la presentación. Iré allí y entrevistaré al hombre de la calle, pensó. Tal vez me encuentre con algunos mayordomos y los convenza de que paseen por el parque.

Sacó la cinta de la noche anterior de la cámara y volvió a cargarla. Al cabo de media hora, partió en dirección a Gramercy Park.

11

—Lo siento —estaba diciendo la camarera—. Sólo intentaba colaborar.

Se volvió hacia Regan y la miró como diciendo: ¿Y ahora, qué va a hacer?

—¿Te encuentras bien, Thomas? —preguntó Regan, mientras sujetaba la caja roja, que lucía la inscripción JOYERÍA PEMROD.

—Regan, dime que es una pesadilla.

—Te doy toda la razón.

—¡Regan!

—Lo siento, Thomas. Estás blanco como un fantasma. Tal vez deberías sentarte.

Volvieron a la sala de estar, seguidos de Clara, la camarera.

—Creo que no tengo ganas de entrar en el cuarto de baño de Nat en este momento. Clara, ¿quieres enseñar a Regan el resto del apartamento?

—Por supuesto —dijo Clara con una brillante sonrisa—. Venga por aquí. Yo limpiaba el apartamento del señor Pemrod cada semana. Era un hombre muy agradable. Es una pena que muriera.

Regan asintió.

—Thomas, relájate aquí un momento.

—Regan —se apresuró a contestar el joven—, estoy sufriendo un ataque de pánico. Creo que estaré más cómodo en mi despacho. ¿Te reunirás conmigo cuando hayas terminado?

«Thomas, no pierdas los estribos», pensó Regan. Experimentó una súbita oleada de afecto por él. Parecía un ciervo deslumbrado por la luz de unos faros.

—Por supuesto. Ya nos veremos. No dudo de que Clara me será de mucha utilidad.

Clara sonrió.

—Cuando eres la criada de alguien, llegas a conocer muchas cosas sobre esa persona. A veces me tocaron palurdos, pero Nat era muy bueno. En ocasiones...

—Un momento —dijo Regan, mientras acompañaba a Thomas hasta la puerta—. Bajaré dentro de unos minutos.

Cogió la caja roja de las manos de Thomas y volvió con Clara, que estaba disfrutando de lo lindo con el drama.

—¿Estaba diciendo...? —la animó Regan.

—Ah, sí, yo tenía una pareja. Siempre lo dejaba todo hecho un asco.

—Me refiero a Nat —interrumpió Regan con la mayor delicadeza posible.

—Ah, sí, Nat. —Clara levantó las dos manos y miró al techo, como si buscara inspiración en él—. Estuvo muy triste después de la muerte de su querida esposa. Ella tenía una gran debilidad por todas estas ovejas. —Clara se encaminó hacia el dormitorio principal. Se apartó al llegar a la puerta para dejar pasar a Regan—. Bonito, ¿verdad?

—Sí. —Regan reparó en el tocador que Thomas había mencionado, con todos los artículos de belleza de Wendy todavía en su sitio—. Ah, y ahí está el cuarto de baño —dijo, y se acercó poco a poco. Regan respiró hondo. En el silencio absoluto, sus sentidos se aguzaron, en estado de alerta para captar hasta el último detalle del escenario del crimen.

—Lo que más me cuesta es limpiar ese mármol —dijo en tono lastimero Clara—. He probado todo tipo de limpiadores, pero ninguno estaba a la altura de su fama...

Es curioso lo que se le ocurre decir a la gente en momentos como éste, pensó Regan. Pero sé que tiene buenas intenciones.

—El jacuzzi es muy grande, desde luego —admitió Regan.

—Sí —dijo Clara—, pero apenas he tenido que tocarlo desde la muerte de Wendy.

—¿Por qué? —preguntó Regan.

—Porque Nat odiaba bañarse en él. Siempre se duchaba.

12

—Thomas, intenta ser más positivo.

La novia de Thomas, Janey, ataviada como siempre con jersey de lana, falda recta, zapatos sobrios, el conjunto rematado con su más querida posesión, una sola ristra de perlas, estaba haciendo lo posible por consolar a su agitado novio. Se encontraban en su despacho. Ella se había colocado detrás de él y le masajeaba las sienes.

—¿Cómo es posible que todo se haya torcido con tal rapidez? —preguntó Thomas con voz temblorosa—. Teníamos tantos planes para el club. Tés bailables, desayunos-almuerzos, bailes de salón, conferencias, cultura...

—No todo ha terminado. Además, el «brunch» del pasado domingo tuvo mucho éxito —dijo Janey, mientras sus dedos desaparecían en el espeso pelo de Thomas y masajeaban su cuero cabelludo.

—No tanto —gimió el joven—. Cuando el grupo de universitarios se marchó, oí a uno de ellos decir que había visto caras más jóvenes en los billetes de curso legal.

Janey meneó la cabeza.

—No deberíamos haber invitado a chicos en vacaciones. Un «brunch» elegante no es lo que iban buscando. Pero los demás se lo pasaron muy bien.

—Los únicos que no se quejaron de la comida fueron Nat y Ben, y ahora ambos están muertos.

Janey suspiró.

—Eran las dos personas más agradables del club.

Thomas tomó las manos de Janey en la suya.

—¿Cómo crees que terminó la caja roja en mi papelera?

Janey se sentó como una dama en el borde del escritorio de Thomas.

—Alguien la tiró allí —dijo con firmeza—. Alguien que estaba en el club ayer y robó los diamantes.

—Pero, ¿quién? —gritó Thomas.

Una llamada a la puerta provocó que ambos pegaran un bote.

—Sí, entre —dijo Thomas, y se enderezó en su silla.

Cuando la puerta se abrió, vio que era Regan Reilly.

—Espero no interrumpir nada.

—No, no —insistió Thomas—. Regan, te presento a mi novia, Janey.

—Hola, Janey.

Regan extendió la mano.

—Hola.

La respuesta de Janey fue tímida.

—Thomas, hemos de hablar de muchas cosas —dijo Regan.

Janey consultó su reloj.

—Será mejor que me vaya.

—Puedes quedarte —dijo Thomas, casi en tono suplicante.

—No, corazón, he de ir a trabajar. —Janey cogió su abrigo beige de la butaca. A Regan le pareció que casi todo lo que llevaba era beige—. Hasta luego.

—Es muy simpática —comentó Regan cuando se quedó a solas con Thomas.

—Es sencillamente maravillosa. La mujer más maravillosa del mundo.

«¿Cómo lo sabes?», pensó Regan, pero preguntó:

—¿Dónde trabaja?

—En casa. Su negocio consiste en cocinar para gente demasiado ocupada para cocinar. La gente encarga platos para una semana y los guarda en el congelador. Es maravillosa, hace descuentos a los viejos. Y encima, es la mujer más caritativa que he conocido en mi vida.

—Eso es fabuloso —se oyó decir Regan, al tiempo que pensaba en una chica que vivía en su mismo pasillo de la universidad, la cual siempre iba recogiendo dinero para alguna buena causa. Regan la vio años después en un aeropuerto con la cabeza afeitada, una sonrisa permanente y la misma hucha de hojalata dispuesta a recoger donativos. Pero Regan tenía que reconocerlo. La chica estaba comprometida. Janey parecía del mismo tipo.

—¡Regan! —exclamó de repente Thomas—. No tengo nada que hacer con esa caja roja en mi papelera.

—Te creo —dijo Regan—, pero deja muy claro que alguien se apoderó de esos diamantes. Opino que todo estuvo muy bien planeado. Incluyendo la muerte de Nat.

Le relató lo que la criada le había dicho.

Thomas ladeó la cabeza.

—Me cuesta imaginar que haya alguien a quien no le guste darse un baño de jacuzzi.

Regan gruñó para sus adentros.

—Pero si no le gustaba, su muerte es aún más sospechosa. Lo cual me lleva a preguntarme si Ben sufrió el infarto porque alguien le empujó hacia el autobús.

—¡Un asesinato en el club! Nunca había sucedido.

—Y yo quiero colaborar a que no vuelva a suceder, Thomas. He de hablar con la mujer del otro lado del pasillo.

—La Princesa del Amor.

—Como se llame.

—Ahora mismo.

Thomas descolgó el teléfono, y al cabo de unos minutos estaban llamando a su puerta.

—¿Es usted una soltera de calidad? —preguntó Lydia con una gran sonrisa cuando Thomas las presentó.

—Eso depende de a quién se lo pregunte —replicó Regan.

Lydia rió como si fuera lo más divertido que había oído en su vida. Regan sonrió pese a todo. La gente que ríe con tus bromas siempre se gana unos puntos extra.

—Bien, entre —dijo Lydia, mientras extendía su brazo cargado de brazaletes. Con las joyas, el maquillaje y su atavío sexy, parecía a punto de posar para la portada de una novela romántica.

Es lógico, pensó Regan. Es su uniforme de trabajo.

Thomas se volvió hacia Regan.

—Tus bolsos siguen en recepción. Te los subiré. Toma la llave del apartamento.

Regan consultó su reloj.

—Cuando haya acabado de hablar con Lydia, llamaré al hermano de Nat.

—Estaré en mi despacho —dijo Thomas, y se fue como un rayo.

Regan siguió a Lydia al interior del apartamento. Desde el punto de vista arquitectónico era como un duplicado del de Nat, pero el parecido terminaba ahí. La sala de estar albergaba seis de esos asientos dobles llamados confidentes, color pastel. No había sofás. Ni sillas. Sólo confidentes. Una alfombra rosa claro cubría el suelo, y anchos murales de arreglos florales alegraban las paredes.

—Me gusta que en casa reine una sensación de felicidad —explicó Lydia, cuando siguió la mirada de Regan.

—Muy bonito —dijo Regan, y pensó que la decoración era singularmente interesante—. Ya veo que le gustan los confidentes.

—Mis fiestas de solteros gozan de mucho más éxito desde que compré los confidentes. La gente se ve obligada a sentarse cerca de la otra persona. O los repele o los atrae. En cualquier caso, enseguida descubres si existe interés. Ahorran mucho tiempo.

—Y tiempo es de lo que nadie parece ir sobrado —dijo Regan, mientras sacaba su libreta.

—Piense en Nat. Su tiempo ha terminado. Ahora está en otro plano. Pero es más feliz —dictaminó Lydia.

—¿Cómo lo sabe?

—Tengo un pálpito. Tengo ciertos poderes psíquicos, ¿sabe? Se ha reunido con su gran amor, Wendy, y eso es lo más importante. Y no sufrió.

—¿Cómo lo sabe? —repitió Regan.

—Si resbaló en la bañera y se dio un golpe en la cabeza, todo terminó deprisa. No padeció una larga enfermedad.

—Pero aún habría podido disfrutar de varios años más —razonó Regan—. Tenía muchos planes en la cabeza.

Lydia suspiró.

—Daba la impresión de que amaba la vida. No le conocía muy bien. Me mudé aquí el otoño pasado. Di la primera fiesta el día de San Valentín, y le invité, aunque ya había dejado atrás con creces mi grupo de edad establecido. Sólo quería comportarme como una buena vecina. Le encantaba contar chistes. No siempre eran buenos, pero era divertido.

—¿Acudió a alguna otra fiesta?

—A veces llamaba a la puerta y se quedaba unos minutos. Por lo general, era porque tenía un nuevo chiste que contar.

Regan decidió ir al grano.

—Lydia, ¿crees que podría obtener una lista de las personas que vinieron a la fiesta de anoche?

Lydia se quedó estupefacta.

—Sé que, en teoría, han desaparecido unos diamantes, pero si vas interrogando a mis invitados, arruinarás mi negocio.

—¿Qué sabes de los diamantes?

—Mi mayordomo, Maldwin, me dijo que Nat y su amigo Ben iban a anunciar la donación del dinero procedente de unos diamantes de su propiedad que pensaban vender. El anuncio se produciría durante la fiesta de aniversario del sábado por la noche. Los dos nos alegramos mucho. Queremos que este club siga abierto, Regan. Hemos instalado nuestros respectivos negocios aquí.

—¿Y había más gente que lo sabía?

—Bien, había gente que hablaba de ello en la fiesta.

—¿Quién?

—Un cámara que está haciendo un reportaje sobre nosotros y el club. Se enteró de la noticia y fue preguntando a la gente si querrían hacerse socios del club ahora que iba a recibir un montón de dinero. En broma, claro. Todo el mundo estaba de buen humor.

—Entonces, lo más conveniente para nuestros intereses es que esos diamantes sean recuperados, Lydia.

—Lo sé, pero...

—Lydia, sólo quiero hablar con la gente que estuvo aquí. No pensarán que son sospechosos. Sólo quiero saber si vieron u oyeron algo. Créeme, hasta a la gente más inocente le gusta colaborar en investigaciones. Creen que es emocionante.

Lydia ladeó la cabeza.

—Pero mucha gente no quiere que los demás sepan que van a fiestas de solteros. Les da vergüenza.

—¿Quién va a descubrirlo? Además, ¿quieres vivir frente a un apartamento en el que tal vez se cometió un crimen sin resolver? O peor aún, ¿quieres que un criminal acuda a tus fiestas?

Lydia se sentó muy tiesa.

—Por supuesto que no.

—He venido para ayudar a Thomas a resolver el misterio. Podría perder su empleo por culpa de esto. Me dijo que llegó a un trato contigo, por el que te permitía dar estas fiestas y las clases para mayordomos en este apartamento. Si se va, dudo que el siguiente director sea tan comprensivo. Y si este lugar cierra, se acabó tu suerte.

Lydia contempló sus largas uñas rojas. Por fin, alzó la vista.

—Regan, creo que todo el mundo tiene un alma gemela por ahí. Mi misión en la vida es ayudar a la gente a encontrar a ese alguien especial...

«Oh, hermana —pensó Regan—. Siempre que te paguen.»

—Invito gente a mi casa para que abran sus corazones. Para que abran sus almas. Para dejar que un poco de amor y luz entre en sus conciencias, que estaban oscuras, oscuras, oscuras...

—¿La lista, Lydia?

—A eso iba. —Lydia carraspeó—. Porque la confidencialidad es una parte fundamental de mi negocio. Ya sabes que a la gente le gusta contar historias, como que conocieron a su alma gemela en un tren abarrotado... Pocas veces es cierto. En cualquier caso, lo que voy a hacer es invitar a todo el mundo otra vez esta noche. Será una fiesta gratis. Les diré que es debido a la agitación de anoche. Podrás hablar con ellos en la fiesta. Así no parecerá que consideras a uno de ellos culpable.

—¿La gente podrá venir si les avisas con tan poca antelación?

—Si es gratis, ya te digo yo que vendrán. Al menos a tomar una copa.

—¿Y si a alguien no le va bien?

—Te daré su nombre.

Regan se puso en pie.

—De acuerdo, Lydia. Esta noche. Tengo entendido que los estudiantes de tu mayordomo servían en la fiesta. ¿Puedes conseguir que vengan todos también?

Lydia saltó del sofá y extendió los brazos.

—Recrearemos la velada.

—Por completo no, esperemos.

Lydia lanzó una alegre carcajada.

—Hoy no pararé de entrar y salir —dijo Regan—. Dime a cuánta gente del grupo has logrado reunir.

Lydia agitó los dedos.

—Ahora mismo empiezo a marcar números para invitarlos.

13

Georgette Hughes y Blaise Bowden estaban sentados a la diminuta mesa de su escuálida habitación alquilada del Upper
West Side de Manhattan, mientras bebían el café de la mañana en un tenebroso silencio.

—¡Lo siento! —soltó de repente ella.

—Yo no he dicho nada —gruñó él.

Frente a ellos estaban las cuatro bolas de cristal que Nat
había quitado de las cuencas de los ojos de Dolly y Bah-Bah.

—No puedo entenderlo —gimió Georgette. Era una
mujer menuda de grandes pechos, largo cabello castaño con
mechas rubias, y debilidad por los perfumes fuertes y los
pendientes grandes. Aunque sus ojos castaños transmitieran
calidez, su cara adoptaba una expresión maligna en un instante—. La otra noche vi los diamantes. Cuando llamé al
timbre, Nat se sorprendió de verme. Había sacado todas las
joyas. Te juro que los cuatro diamantes estaban allí.

Blaise cogió las cuatro bolas de cristal y las tiró al suelo.

—Podrías comprarlas en cualquier tienda de todo a cien.
—Era un hombre grande, alto, de pelo rubio, atractivo y atil-
dado, pero en el fondo no era tan astuto como Georgette. La
hermana de Georgette le llamaba «la caja de cartón». Pero
para Georgette era la pareja perfecta. Eran socios en el delito.
Buscavidas. Oportunistas. Dos timadores que llevaban juntos
seis años, desplumando a gente a lo largo y ancho del país.

—Estoy atrapado en esas estúpidas clases para mayordomos durante otro par de semanas. Las odio.

—¿Crees que esas fiestas para solteros a las que voy yo fielmente son una bicoca? ¿Cuántas veces más podré soportar esas absurdas conversaciones? ¿Y todo el tiempo que pasé echando los tejos al viejo Nat? Era un hombre simpático, pero no me hacía tilín. Ahora ha muerto, y no he sacado nada en limpio.

Blaise se levantó.

—Fíjate en este repugnante cuchitril. Hace tanto tiempo que no damos una, que ya resulta patético. Tendrías que haberte llevado algunas joyas de su mujer.

—Pensé que tenía al alcance de la mano cuatro diamantes valorados en varios millones, y además, resulta que llevaba un bolso muy pequeño. Entré en su apartamento cuando oí los rumores acerca de que iba a vender los diamantes. Estaba frenética. ¿Acaso sabía anoche que era la noche precisa en que debía apoderarme de ellos? De haberlo sabido, habría llevado un bolso más grande, ya te lo puedo asegurar.

—Bien, ¿qué vamos a hacer?

—De momento, tú irás a las clases para mayordomos. Si consigues graduarte, nos irá de perilla. Tendrás acceso a todas esas elegantes mansiones que están pidiendo a gritos ser robadas.

—No soporto tanta presión. Y tampoco soporto más los sermones interminables de Maldwin Feckles sobre los deberes y obligaciones de los mayordomos. «Un mayordomo ha de estar ansioso por servir.» «Un mayordomo ha de hacer gala de buena educación.» —La voz de Blaise se alzó cuando continuó—. «Un mayordomo ha de recibir siempre a su señor con el debido respeto.» «Un mayordomo no ha de cuestionar ninguna orden.» Me dan ganas de gritarle: ¡Cierra el pico de una vez!

—Por favor, Blaise, me estás dando dolor de cabeza.

—Y a mí no me gusta un pelo que te cites con otros tíos.

—No me hagas hablar —protestó Georgette—. ¿Crees que me gusta salir con esos perdedores, por si tienen algo que valga la pena robar? Si no acepto más citas, Lydia no me invitará a sus fiestas. Era la única manera de poder ver a Nat. Tendría que haberle golpeado en la cabeza y cogido los diamantes la primera vez que los vi, en lugar de esperar a sustituirlos por falsos.

—Eso de golpearle en la cabeza no lo digas ni en broma. Por lo visto, alguien sí lo hizo.

—No hace falta que me lo digas. Estaba allí. Cuando oí que se abría la puerta trasera, casi me morí del susto. Salí corriendo a toda la velocidad de mis piernas. Y aún tienes el morro de preguntarme por qué no cogí las joyas de su mujer.

—Podrían acusarte de asesinato.

—¡Basta, Blaise! Yo no le toqué ni un pelo.

—Hemos de volver a ese apartamento y buscar los diamantes. Tienen que estar allí.

—Bien, no podré volver hasta mañana por la noche, cuando se celebre la fiesta del club. La siguiente velada de Lydia es la semana que viene. Coge la llave. Si puedes entrar en el apartamento hoy, hazlo.

Georgette se levantó y abrazó a su amante.

—Hueles bien —dijo él, mientras sepultaba la cara en su cuello.

Georgette le acarició la nuca.

—Conseguiremos esos diamantes, tú te graduarás, y después nos iremos de vacaciones.

Blaise rió.

—Donde no tenga que sacar brillo a la plata.

—No, cariño, tu trabajo es *robar* la plata.

Se abrazaron, y Georgette miró a Blaise mientras éste se ponía el abrigo y los guantes y se dirigía a la puerta.

14

Cuando fundó su escuela de mayordomos, Maldwin Feckles había decidido que las excursiones educativas constituirían una parte importante de la formación de sus alumnos. Era preciso visitar tabaquerías, tiendas selectas de porcelana, *show-rooms* de ropa de diseño, licorerías, joyerías... Tantos lugares donde aprender cosas sobre los objetos más exquisitos al alcance de un buen fajo de billetes. Y, por supuesto, sobre cómo utilizarlos y cuidarlos debidamente.

Maldwin estaba con su primera clase de cuatro estudiantes en una atestada, oscura y polvorienta tienda de antigüedades de la Nueva Jersey rural. Había confiado en familiarizarlos con objetos que se encuentran en casas que huelen a dinero viejo. También quería comprar unas cuantas piezas para el servicio de las futuras fiestas de Lydia. Anoche, tres platos de buena calidad habían caído de la encimera y se habían hecho añicos contra el suelo.

Nadie había asumido la culpa, por supuesto, pero Maldwin había intentado superar el obstáculo. Había ocurrido justo después de que uno de los invitados entrara corriendo para anunciar que había un cadáver al otro lado del pasillo.

Maldwin sorbió por la nariz cuando paseó la vista alrededor de la tienda, que ofrecía un batiburrillo de trastos de otra gente. No obstante, tras una minuciosa exploración, durante la cual eligió objetos como bandejas de plata y tenedores de forma rara y señaló su utilidad, había conseguido descubrir varios objetos que pondría al servicio del apartamento de la señorita Lydia. Uno de ellos era una sopera de plata que había perdido el brillo a causa de las décadas acumuladas, otro era un juego de cucharitas de café que uno de los estudiantes confundió con cucharitas para bebé, y tres eran teteras manchadas que convendría frotar con limpiador de dentaduras postizas.

El empleado, que parecía convencido de que la tienda sólo albergaba tesoros, estaba empaquetando los objetos.

—Alumnos —dijo Maldwin, mientras señalaba una pila de platos de porcelana—, estos platos nunca deberían guardarse sin una capa protectora entre cada uno. Puede hacerse con plástico de burbujas, en caso necesario, de lo contrario los platos se rayarán entre sí como no...

El móvil de Maldwin sonó.

Gracias a Dios, pensó Blaise.

—¿No dijo que los teléfonos móviles eran una grosería? —musitó Vinnie Checkers. Estaba claro que era el estudiante problemático. Maldwin no estaba seguro ni de por qué se había apuntado a las clases. Parecía un extra de *Grease*.

—Son una grosería cuando interrumpen comidas, espectáculos, o si el usuario insiste en hablar de negocios a grito pelado en trenes, autobuses y otras zonas públicas. —Maldwin sorbió por la nariz, mientras sacaba el teléfono del bolsillo superior de la chaqueta—. Por lo demás, son muy prácticos... Hola... ¿Qué?... Oh, Dios... Otra fiesta esta noche... Volveremos a la ciudad enseguida... Tardaremos un par de horas.

Colgó el teléfono, al tiempo que el miedo se apoderaba de su estómago y empezaba a mordisquearlo lentamente.

—¿Qué pasa, Maldwin? —preguntó Albert Ketler, boquiabierto de una forma impresentable. Maldwin pensaba que siempre parecía perplejo. Otro al que sólo había aceptado porque la escuela acababa de empezar.

—Regresamos a la ciudad. La señorita Lydia da otra fiesta esta noche.

—¿Otra fiesta? —preguntó Vinnie—. Pensaba que hoy íbamos a salir pronto.

—Sabías cuando te matriculaste en este curso que sería intensivo. Por otra parte, la flexibilidad es un aspecto importante de la vida de cualquier mayordomo. Hay que estar preparado en cualquier momento para adaptarse a las circunstancias, como suele decirse —puntualizó Maldwin, mientras el empleado volvía con los paquetes.

—La semana que viene vamos a recibir piezas buenas —dijo, mientras miraba como un búho a través de los cristales de sus gafas y entregaba a Maldwin la tarjeta de crédito y el recibo—. No dude en volver.

—Lo que necesito son platos de servir. —Maldwin le dio su tarjeta—. Si recibe buenos, avíseme.

—Todo el mundo los rompe.

—Dígamelo a mí. —Maldwin se volvió hacia su grupo. Levantó el bastón que siempre llevaba en sus excursiones—. ¡Seguidme!

Los guió hacia la ranchera Vista Cruiser, de una edad aproximada de treinta años, que Lydia tenía desde que era adolescente.

—Es una parte de mi vida a la que no quiero renunciar —había dicho a Maldwin.

Vinnie abrió la puerta de atrás y subió a la tercera fila de asientos, seguido de Albert. Los dos habían hecho amistad en la primera semana de clases, y querían sentarse lo más lejos posible de su profesor. Anoche habían acabado muy tarde, esta mañana se habían levantado muy temprano, y los dos estaban hambrientos y cansados. Y esta noche volvería a ser larga. Los dos confiaban en echar una siestecita en el coche.

No hubo suerte.

La pequeña Harriet, la única chica del grupo, había subido al asiento delantero con Feckles.

—¿Podemos escuchar la cinta sobre etiqueta durante el camino de regreso? —preguntó esperanzada.

Vinnie y Albert gruñeron, mientras Blaise Bowden, el solitario silencioso, se sentaba solo en la segunda fila.

—Pues claro que sí —dijo Maldwin, mientras la ranchera brincaba sobre la carretera sembrada de baches y dejaba atrás un gran letrero de BIENVENIDOS—. Pero antes, repasaremos las equivocaciones que cometisteis anoche. Vinnie, ¿cómo podrías mejorar tu actuación de anoche?

—¿Se refiere a después de la fiesta?

Maldwin se encogió, mientras Vinnie y Albert reían.

—No, me refiero a tu papel de mayordomo.

Vinnie frunció el ceño.

—Creo que anoche lo hice muy bien.

Harriet se volvió y le miró.

—No se deben poner cubitos de hielo en el vino tinto.

—¡No insultes a mi madre! —dijo Vinnie—. Le gustaba tomar vino tinto muy frío.

—Calma, calma —dijo Maldwin—. No queremos insultar a nadie. Eso no lo hace jamás un caballero o una dama de verdad. Además, muchas cosas son cuestión de gusto. Pero tal vez era sangría lo que bebía tu madre. La sangría hay que servirla fría.

—Sólo sé que había fruta en la jarra.

Maldwin asintió.

—Sí, Vinnie. Debía de ser sangría. Cuando sirves un vino tinto de calidad, ha de estar a la temperatura ambiente.

Vinnie agitó una mano en su dirección.

—Tengo dolor de cabeza.

—Creo que nos iría bien un poco de silencio —admitió Maldwin. «Y una aspirina», pensó—. Pondré la cinta sobre etiqueta, pero antes, ¿alguien puede decirnos su intuición del día?

—Un verdadero caballero o dama nunca hace sonar las monedas que lleva en el bolsillo —saltó Harriet.

—¡Muy bien! —exclamó Maldwin—. Harriet, posees un talento innato.

La joven asintió con entusiasmo.

—Pone como una moto al personal.

Maldwin parpadeó y se apresuró a introducir la cinta en la ranura, mientras intentaba expulsar de su mente la sensación de que todo estaba condenado al fracaso.

15

Regan echó un vistazo al pasillo antes de abrir la puerta del apartamento de Nat. Al final del corredor, frente al ascensor, había una puerta de acero. Ya es hora de echarle un vistazo, pensó, mientras se acercaba y la abría.

La recibió una pequeña zona cuadrada de metal y cemento grises. Un montacargas gris se erguía como una fortaleza a pocos centímetros de ella. En la pared de su derecha había una puerta de metal, en la pared de su izquierda había una puerta de metal, y al lado una escalera para bajar. El aire olía a humedad. Había dos contenedores de basura para reciclar papel y plástico al lado del montacargas.

Regan no tardó en darse cuenta de que las dos puertas eran las entradas de servicio de los apartamentos de Nat y Lydia. Había visto la de Nat desde dentro cuando Clara le ofreció una rápida visita guiada.

Por lo tanto, si alguien quería deslizarse en el apartamento de Nat sin ser visto, ésta sería la mejor elección, pensó Regan. ¿Era posible que alguien tuviera una llave?

Introdujo la llave que llevaba consigo en la puerta de servicio de Nat. Ante su asombro, funcionó. ¿La misma llave para la puerta principal y la de servicio?, pensó. Qué raro. Abrió la puerta, entró y se encontró en el pequeño vestíbulo situado tras la cocina. Cerró la puerta con llave. El apartamento estaba en silencio, salvo por el zumbido de la nevera.

Regan suspiró. La cocina era larga y estrecha, con armaritos y aparatos de color crema. Algunas de las puertas de los armaritos tenían cristales, a través de los cuales se veían tazas, platillos y platos anticuados, pulcramente apilados en hileras. La cocina en sí era anticuada y acogedora, pero parecía aislada del resto del apartamento. Debía remontarse a los días en que la gente que vivía en estos apartamentos no pasaba mucho tiempo en la cocina. Pero la servidumbre sí.

No había mesa. La única concesión a la moda actual de comer en la cocina eran dos taburetes situados ante la encimera opuesta al fregadero. Una puerta batiente se abría a otro vestíbulo pequeño que precedía al comedor, y una puerta batiente en el otro extremo daba acceso al pasillo que conducía a los dormitorios y la sala de estar.

¿Pasaba Nat mucho tiempo aquí?, se preguntó Regan. ¿Estaba ayer en la cocina a esta hora? Se veía muy limpia y ordenada. Clara dijo que había limpiado el apartamento el martes. Hoy era viernes.

¿Qué habría cenado Nat anoche?, se preguntó Regan. Abrió el armarito de debajo del fregadero y sacó el cubo de la basura. Encima de todo había posos de café, pieles de naranja, envoltorios de galletas y un plato de papel. Regan levantó el plato: debajo había varios pinchos de dátil y beicon.

Canapés.

Lo que servirías en una fiesta.

Algo que no prepararías para ti.

«Oh, Dios —pensó Regan—. He de acordarme de echar un vistazo al menú que sirve Lydia en la reunión de esta noche.» Registró el resto de la basura y encontró cáscaras de huevo, un frasco de vitaminas vacío y una botella de colonia masculina vacía. «Casi todo el mundo se pone la colonia en el cuarto de baño», pensó Regan.

Embutió el cubo debajo del fregadero y decidió que necesitaba con desesperación una taza de té. Llenó la tetera, y después sacó del armarito con todo cuidado una taza y un platillo. Localizó bolsas de té en una de las latas de cerámica que estaban adornadas con ovejas pintadas. Había un cartón de leche desnatada en la nevera. La misma marca que había utilizado aquella mañana en el apartamento de sus padres. Tenía la impresión de que había transcurrido más tiempo. «Me pregunto cómo irá la convención —pensó—. Me encantaría poder asistir, a una parte al menos.»

Con el té caliente en la mano, se sentó ante la encimera de la cocina y descolgó el teléfono. Marcó el número del hermano de Nat que vivía en Palm Springs, California. Una voz débil contestó al otro extremo.

Regan se identificó.

—Ah, hola, Regan. Soy Carl Pemrod.

La voz sonó un poco más animada.

—Siento mucho lo de su hermano —dijo Regan.

—Yo también. No estábamos muy unidos, pero era de mi sangre. No crecí con él. Era mi hermanastro.

—Ah.

—Sí. Mi madre no hizo muy buenas migas con mi padre después de que se fuera, así que no tuvimos mucho contacto con su segunda familia.

—Tengo entendido que Nat no tenía más hermanos o hermanas.

—No que yo sepa.

—Como sabe, estoy realizando una investigación...

—¿Sobre su resbalón en la bañera? Sucede con mucha frecuencia. El año pasado me rompí la cadera. Es terrible envejecer.

—Sí —admitió Regan—. ¿Sabía algo sobre los diamantes de su hermano?

—No. Como ya le he dicho, no teníamos mucho contacto.

—¿Conoce al abogado de Nat?

—No. Como ya le he dicho...

—De acuerdo —dijo Regan—. Bien, señor Pemrod, lo primero que quiero hacer es darle las gracias por permitirme acceder al apartamento.

—Oh, claro. Escuche, Regan, no hay problema. Sé que Nat quería dejar todo a su club. Siempre estuvo muy orgulloso de ese lugar. Sólo me hablaba de eso, siempre que hablaba con él. El club esto, el club aquello. Para decirle la verdad, a veces yo ponía el oído en piloto automático mientras él iba largando. Los miembros del club eran su verdadera familia.

—Me alegro de que fuera feliz aquí.

—Creo que lo fue.

—Bien, sólo estaré un par de días. Yo también vivo en California, y he de regresar.

—Si viene a Palm Springs, déjese caer por casa.

—Bien, gracias.

—Conocí a su madre en la biblioteca. Una dama encantadora.

—Gracias —repitió Regan—. Le mantendré informado de lo que suceda aquí. Tengo entendido que quiere incinerar el cadáver de Nat.

—Los cementerios se están llenando demasiado. Todos deberíamos ser incinerados.

—Sí, por lo visto ése también era el deseo de Nat.

—Wendy fue incinerada. Nat llevó sus cenizas al lugar donde se crió, en Inglaterra. Algunos de mis amigos pidieron que lanzáramos sus cenizas al mar.

—Ajá —murmuró Regan—. Bien, tengo mucho trabajo aquí, pero como ya he dicho, le mantendré informado.

—Muy amable por su parte.

—Bien, usted es el hermano de Nat. Y una vez más, gracias por permitir que me instale aquí. Durante estos dos días siguientes, espero hablar con el abogado de su hermano y poner sus asuntos en orden. Todo se arreglará —prometió Regan con un tono optimista que no reflejaba sus verdaderos sentimientos.

—De acuerdo. Si dejó algo a su hermano mayor, Carl, bienvenido sea. Ahora, voy a acercarme a la piscina. Aquí tenemos treinta y dos grados. ¿Y ahí? —preguntó Carl en tono burlón.

—Unos treinta menos.

Carl lanzó una risita.

—Siempre le dije a Nat que debía estar loco por vivir en Nueva York.

16

Georgette tenía una mala mañana. Era 12 de marzo, viernes, y había desperdiciado su tiempo con Nat Pemrod desde el día de San Valentín. Estaba segura de que lo había cazado. De que él estaba a punto de darle regalos y dinero. Cuando lo había achispado la otra noche, había soltado lo de los diamantes. Hasta había llegado a decirle que le gustaba divertirse con ellos, aunque no sabía muy bien qué significaba eso. Sin embargo, antes de que hubiera tenido la oportunidad de comprar circonitas cúbicas para sustituirlos, alguien lo había asesinado.

¿Quién había sido? Alguien se había llevado los diamantes, y Georgette estaba decidida a descubrir su identidad. No había sido una timadora profesional durante diez años para nada. Blaise y ella dominaban este juego, pero parecía que la suerte los había abandonado.

También existía la posibilidad de que Nat hubiera escondido los diamantes en el apartamento. ¿Se refería a eso cuando hablaba de sus «jueguecitos»? Bien sabía Dios que había escuchado todas sus historias sobre las bromas pesadas que había gastado a lo largo de los años.

Entró en un restaurante de comida basura de Broadway, pidió una taza de café y paseó la vista a su alrededor. Un viejo estaba inclinado sobre un periódico en un reservado del rincón. Georgette se acercó y carraspeó.

—Perdone, ¿está ocupado? —dijo, al tiempo que señalaba el banco de plástico naranja clavado al suelo.

El hombre levantó la vista, sonrió y le indicó que se sentara. Era calvo, de cara grande y redonda, piel clara y suave, y ojos azules acuosos. Sus ropas habían visto mejores tiempos, pero llevaba camisa y corbata. Georgette vio por el rabillo del ojo que calzaba zapatos de lona con suela gruesa.

Un blanco perfecto, pensó. Seguro que le sobraban algunos dólares.

—Siéntate, guapa —insistió él.

«Esto va mejor de lo que pensaba», reflexionó Georgette.

—Gracias, señor —dijo.

—¿Qué hace sola una chica tan adorable como tú?

Georgette parpadeó, mientras se sentaba en el incómodo banco.

—Acabo de llegar a la ciudad, y todavía no conozco a mucha gente.

Se inclinó hacia delante para que el hombre pudiera oler su perfume.

Su presunta víctima estornudó, agitó las manos y sacó un pañuelo del bolsillo.

—Échate atrás, guapa, échate atrás. Tu perfume no es bueno para mi garganta.

—¿Su garganta?

—Yo fui cantante en mis buenos tiempos. Trabajé en muchas partes. Estaba pensando que, si me pagas unos cuantos cientos de pavos a la semana, te enseñaré a cantar y te colocaré en Broadway en cuestión de cinco años. Aún puedo dar el do de pecho.

Abrió la boca y emitió varias notas, al tiempo que Georgette se ponía en pie de un brinco y huía del local. Aún oyó decir a uno de los camareros:

—Tranquilo, señor Do. Ya le dijimos que no cantara aquí.

Cuando pisó la calle, Georgette procuró recobrar la compostura. «Mis planetas no deben de estar alineados», pensó. En ese momento sonó su móvil. «Que sea Blaise», pensó.

—Hola... Ah, Lydia, qué sorpresa... ¿Otra fiesta esta noche? —El pulso de Georgette se aceleró—. Qué amable... ¿Puedo ayudarte en algo? De hecho, hoy estoy libre... ¿No? Bien, igual me paso antes... Me gustaría hablar con Maldwin para apuntarme a su siguiente curso para mayordomos... Sí, de veras... De acuerdo, hasta luego.

Georgette guardó el teléfono en el bolso y exhaló un suspiro de alivio. «Tal vez pueda volver al apartamento de Nat esta noche», pensó. Mientras avanzaba con celeridad por la manzana, pasó ante una cafetería. Paró en seco, dio media vuelta y regresó sobre sus pasos. «Nunca se sabe —pensó, al tiempo que abría la puerta y se encaminaba sin vacilar al taburete de la barra contiguo al de un anciano—. Mi trabajo nunca termina.»

17

Después de que Regan hablara con Carl, exploró un poco el apartamento. Se encontró en el cuarto de baño de Nat. Era lujoso, no cabía duda. Las paredes y suelo de mármol, la puerta de la ducha de cristal reluciente, los hermosos lavabos de porcelana, todo daba la sensación de opulencia bien cuidada. Un toallero calentado por electricidad se alzaba contra la pared, cerca del jacuzzi. Había doblada una gran toalla blanca. «Apuesto a que es la que hubiera utilizado Nat anoche», pensó.

Regan se acercó a las dos toallas de manos que colgaban de un toallero situado entre los lavabos. No se había fijado antes en ellas, pero ahora observó que los diminutos bordados de aplicación visibles en los bordes eran ovejitas. «Dios mío, tenían ovejas en todas partes —pensó—. Son monas, pero no parecen toallas de uso diario, sino más bien de adorno.»

Había un toallero vacío en la pared al lado de la ducha. Por algún motivo, se le antojó extraño que estuviera vacío. Entonces, se fijó en algo que había en el suelo. Lo recogió. Era una ovejita de adorno. Debía de haber caído de una toalla, pensó. Pero ¿dónde está la toalla?

No había cesto en el cuarto de baño. Regan entró en el dormitorio de Nat y abrió la puerta del ropero empotrado. Contenía ropa de mujer. Debía ser de Wendy, pensó Regan. Cerró la puerta.

Cuando entró en el cuarto de invitados, encontró su maleta en el suelo y el bolso en la cama. Abrió la primera de las dos puertas del ropero. Era allí donde Nat guardaba su ropa. Levantó la tapa de un cesto de mimbre, pero no contenía toallas. Sólo un par de camisas de hombre, calcetines y ropa interior.

Regan sonrió. Aunque Wendy llevaba muerta tres años, Nat no había retirado sus ropas. Aún tenía que entrar en el cuarto de invitados para coger sus cosas. Una amiga de Regan se había casado y mudado al apartamento de su marido. Era tan quisquilloso que la obligaba a utilizar el cuarto de baño de los invitados y el segundo ropero del dormitorio. El matrimonio duró poco, por supuesto. No cabía duda de que Nat seguía rindiendo devoción a su mujer. Además, todas esas ovejas habrían vuelto loco a otro hombre.

Era como si Regan le estuviera tomando cariño a Nat Pemrod. «Me pregunto si dormía aquí.» Mientras Regan reflexionaba sobre esto, sonó su móvil. El identificador le informó de que era Jack.

—Hola —dijo ella.

—¿Cómo va, Regan?

—Digamos que es interesante.

—Estoy en el despacho. Fue pura casualidad, pero hablé con un tío llamado Ronald Brier, que trabaja en la 13. Estuvo ahí anoche. Sugirió que fueras a hablar con él.

Regan consultó su reloj. Era casi mediodía.

—Creo que iré ahora mismo.

—Y otra cosa.

—¿Qué?

—Piensa en dónde quieres cenar el domingo por la noche. Te llamaré más tarde.

—De acuerdo.

Regan colgó y se sentó en la cama. Cogió una de las fotos enmarcadas de la mesita de noche. Era una vieja fotografía en blanco y negro de cuatro hombres jugando a cartas. Deben de ser los Naipes, pensó Regan. La dejó en su sitio y echó un vistazo a las demás fotos. Se trataba en su mayor parte de fotografías de la pareja en diversas fases de su vida. En una de ellas se encontraban de pie en un campo, rodeados de ovejas.

Regan abrió el cajón de la mesa. Descubrió un bloc de notas y una pluma. Sacó el bloc y lo abrió. La página llevaba la fecha del jueves 11 de marzo. ¡Ayer!

Regan empezó a leer y se quedó estupefacta por las palabras.

Mi pequeño Botón de Oro:

Estas últimas cuatro semanas han sido muy dichosas. Después de que mi querida esposa Wendy se marchara a la morada del Señor, nunca pensé que podría sentir algo profundo por otra mujer. Supongo que tenía razón. Si bien disfruto de tu compañía, creo que no es correcto seguir viéndonos a hurtadillas.

He decidido que debería pasar el resto de mi vida haciendo el bien a los demás. Quién sabe cuánto me queda.

Dicen que si encuentras un verdadero amor en tu vida, has sido bendecido. Creo que ha llegado el momento de dejarlo.

¡Buena suerte!

Natty Boy

Regan no daba crédito a sus ojos. ¡Natty Boy! ¿Y quién demonios esBotón de Oro? Regan se sintió más convencida que nunca de que la muerte de Nat no había sido un accidente.

18

—¡Cuidado! ¡Vayan con cuidado, por favor! —suplicó Thomas a los hombres que transportaban el equipo de filmación a la sala de recibo del club—. No vayan dando golpes por todos lados, se lo ruego.

No le hicieron el menor caso. Como sabe cualquiera que haya pasado un rato en el plató de una película, el personal va a lo suyo, indiferente a famosos, mirones o muebles. Se limitan a hacer su trabajo.

Por el contrario, Thomas corría de un lado para otro en un intento de poner orden, cosa que no podía. Hollywood había llegado, y el tiempo era precioso. Tenían una tarde para filmar una escena importante.

De pronto, Thomas se preguntó si había perdido la razón. Afuera, en la estrecha calle, los camiones estaban ocupando mucho espacio. Los ayudantes de producción intentaban dirigir el tráfico en el parque. Había cables eléctricos diseminados por toda la acera.

Thomas miró por la ventana salediza y vio a gente fisgoneando en el interior del salón. Oh, Dios, pensó. A veces, hay cosas que parecen una buena idea sobre el papel, pero cuando pasan a la práctica, te empiezan a sudar las palmas de las manos. Sobre todo ahora. Quería publicidad para el Settler's Club. Pero positiva.

—¿Puede apartarse, por favor? —preguntó a Thomas un individuo corpulento, cargado con una pieza voluminosa del equipo de iluminación, en un tono que apenas disimulaba su impaciencia.

Thomas retrocedió a toda prisa.

—Por supuesto.

«¿Qué puedo hacer? ¿Qué puedo hacer?,— pensó—. ¡Ya lo sé! Bajaré las ovejas. Wendy las quería aquí, y sería un toque bonito para la película.»

Diez minutos después, con la ayuda de Regan, que ya se marchaba, bajaron las dos ovejas al salón y las colocaron a cada lado de la chimenea.

—¡Perdón! —Un treintañero de aspecto eficaz, tocado con una gorra y provisto de una tablilla, se precipitó hacia ellos—. ¿Por qué alteran el plató?

—Estas ovejas son importantes para nuestro club —dijo Thomas—. Pensamos que tal vez les irían bien para la película.

—Todo está previsto. ¿Pueden hacer el favor de sacarlas?

Regan miró a Thomas.

—¿Por qué no llevamos las ovejas a tu despacho? Las volveremos a poner cuando hayan terminado de rodar.

—Sólo quería cumplir el deseo de Nat y Wendy.

—Lo comprendo, pero vamos a sacarlas.

Regan tenía a Dolly en sus brazos, y Thomas a Bah-Bah, cuando alguien gritó desde atrás:

—¡Alto!

Se volvieron y vieron a un hombre nervudo vestido de negro, tocado con una boina negra y sujetando una boquilla vacía, que se acercaba a ellos desde la puerta.

—Me gustan las ovejas. Devuélvanlas a su sitio.

Regan y Thomas se encogieron de hombros y dejaron las ovejas en el suelo.

—Soy Jacques Harlow, el director de *Hemos de estar soñando*.

—Y yo soy el presidente del club, Thomas Pilsner, y ésta es mi amiga Regan Reilly.

—Encantado.

—Me alegro de que eligiera nuestro club para una escena de su película.

Jacques mordisqueó el borde de la boquilla y habló entre dientes.

—Este lugar me da buenas vibraciones. Yo no trabajo con guión. Todos mis actores improvisan sus diálogos. Creo que un entorno como éste inspira nuestras esperanzas más profundas y nuestros temores más oscuros.

«Como siempre», pensó Regan.

—¿Le gustaría hacer de extra? —preguntó a Regan con una sonrisa lujuriosa.

—No —se apresuró a contestar Regan—. Estoy muy ocupada —añadió. Se volvió hacia Thomas—. Me voy.

—Ven a mi despacho un momento, Regan.

Se excusaron, rodearon el equipo amontonado, entraron en el despacho de Thomas y cerraron la puerta a su espalda.

—Este tipo es muy raro —dijo Thomas.

—¿Qué clase de película es, Thomas?

—El encargado de localizaciones me dijo que era de época.

—¿Qué época?

El labio de Thomas tembló.

—No lo pregunté. Supuse que se refería al período victoriano.

Sonó el teléfono del escritorio. Thomas descolgó y se identificó.

—¿El *New York World*?... Sí, están rodando una película aquí... ¿Que qué?... Acaba de salir de la cárcel... ¿Destrozó una localización en Nueva Jersey?... Ahora no puedo hablar... Adiós.

Thomas colgó el teléfono.

—Detesto preguntar —dijo Regan.

—Jacques Harlow está como una chota. La semana pasada destrozó una bolera en Nueva Jersey, donde estaban rodando una escena. Cree que es uno de los Sopranos. Le acaban de soltar de la cárcel.

Regan hizo una mueca.

—Bien, alguien paga esta película. Me pregunto quién.

—Creo que es de bajo presupuesto —dijo Thomas con un hilo de voz—. Estábamos desesperados por conseguir nuevas fuentes de ingresos, pero esto no es bueno para el club.

Regan se levantó.

—Voy a la comisaría del distrito 13. Les daré recuerdos de tu parte.

Mientras salía, Regan se preguntó a qué hora saldría el siguiente vuelo a Londres.

19

En la convención de escritores de novelas policíacas, Nora Regan Reilly estaba muy contenta con el desarrollo de las jornadas. La única decepción era que Regan no pudiera acompañarla. Mucha gente había preguntado por ella.

—Le pidieron que interviniera en un caso —explicó Nora.

—¿Desde anoche?

—Sí, pero continúa en la ciudad. Intentará asistir a alguno de los seminarios, o tal vez a la fiesta de esta tarde.

Nora efectuó una rápida inspección del buffet que el hotel había preparado para comer. Tenía un aspecto muy apetecible. Humeantes bandejas de pasta, pollo y verduras estaban listas para ser consumidas. Nora se había escapado del último seminario antes de que terminara para comprobar que todo estaba preparado.

Había sido un seminario muy interesante. Un agente del FBI había dado una conferencia, acompañada de diapositivas, sobre timadores. Cómo conseguían infiltrarse en la vida de la gente, ganarse su confianza y desvalijarlas. Algunos eran granujillas de medio pelo, mientras otros eran capaces de arrebatar millones a sus legítimos dueños.

—Los encontrarán por todas partes —había dicho—. Son como buitres al acecho de quien sea, desde ganadores de la lotería hasta ancianos, solitarios, ambiciosos y vulnerables.

Mucha gente a la que dejan sin blanca tiene demasiada vergüenza para denunciarlos. Creen que habrían debido ser más listos. Consejeros de inversiones engañan a las grandes estrellas de Hollywood. La gente con menos dinero se mete en sistemas piramidales que se desmoronan a su alrededor. Estos individuos, cuando se ven acorralados, pueden ser muy peligrosos. Se revuelven como...

Las diapositivas consistían en fotos granulosas de algunas de estas personas en acción.

«Sí, a Regan le habría encantado —pensó Nora—. Qué pena.»

—¿Señora Reilly?

Nora se volvió y sonrió.

—¿Sí?

Una mujer de aspecto imponente y sin aliento, con el pelo recogido en un moño y un bloc en una mano, dejó caer su bolso al suelo.

—Soy Mary Ruffner, periodista del *New York World*. ¿Podría hacerle algunas preguntas sobre el seminario?

—Por supuesto.

Nora la guió hasta una mesa.

—Todo sucede al mismo tiempo. Mi director quiere que corra al Settler's Club, en Gramercy Park. Un tío que acaba de salir de la cárcel está rodando una película allí, y corre el rumor de que anoche asesinaron a alguien en el club. —Mary rió sin alegría—. Espero que no me obligue a pasar la noche allí. Escribo sobre arte y espectáculos.

A Nora se le hizo un nudo en el estómago, y su sonrisa se desvaneció.

—¿Pasa algo, señora Reilly?

—No.

—Su hija también está aquí, ¿verdad?

—Está en la ciudad.

—Lo sé. Su fotografía salió en nuestro periódico esta mañana.

Ahora le tocó a Nora sonreír sin alegría.

—¿Está en la convención? —preguntó Mary Ruffner.

—En realidad, está trabajando.

—¿En un caso?

—Bien, sí, está trabajando en Nueva York, pero no estoy autorizada a decir en qué.

—Espero que pueda entrevistarla antes de que termine el fin de semana —dijo Mary, mientras sacaba el capuchón de la pluma con los dientes.

«Algo me dice que lo conseguirás —pensó Nora—. Para bien o para mal, algo me dice que lo conseguirás.»

20

Lydia estaba sentada en un confidente, con el teléfono ina-
lámbrico en la mano, llamando a los cachorrillos que habían
estado presentes en la fiesta de anoche. Eran diecinueve. No
está mal, decidió. Había celebrado tres fiestas por semana desde el día de San Valentín, y como oferta de presentación, sus
«clientes» sólo tenían que pagar veinticinco dólares por un
paquete de cuatro.

Debía admitir que albergaba la sensación de robar a algunos. Como el hombre que llevaba sandalias con el traje
y parecía terminar cada frase con el latiguillo «y toda la pes-
ca». O la mujer cuarentona que se aferraba a su bolsito de
Snoopy durante toda la noche, como Linus a su manta. De hecho, pensó Lydia, es una pena que esos dos no ligaran. Debería haber alguien para cada persona.

Cuando terminó de hacer las llamadas, hablando con algunos y dejando mensajes a otros, diez habían dicho que irían con mucho gusto, una pareja había dicho que querían recuperar su dinero, y tres más dijeron que preferían conocer a
un grupo nuevo de gente.

—¿Para qué voy a volver esta noche? —había dicho un
individuo—. No había ninguna que fuera mi tipo. ¿Acudirá
gente nueva a la gran fiesta de aniversario del club?

—Sí —había contestado Lydia con entusiasmo.

—Pues allí nos veremos.

Después de colgar, Lydia había añadido su nombre a la lista de los que no vendrían. Se la daría a Regan más tarde.

De repente, Lydia se sintió inquieta. ¿Y si alguien del grupo había robado los diamantes? Ella recibía a desconocidos en su casa. Había invertido su dinero en un negocio que podía ser peligroso. Nunca investigaba los antecedentes de la gente que iba a sus fiestas. No podía.

Había tanto desalmado suelto. Había conocido un buen montón durante sus treinta y ocho años de soltería. Quería que su negocio fuera positivo. Quería que Contactos Significativos aportara amor a las vidas de los habitantes de Nueva York. Quería lograr los mejores matrimonios de cualquier agencia de citas.

Lydia consultó su reloj. Tenía ganas de que Maldwin volviera pronto. Faltaba al menos una hora.

Sonó su teléfono. Apretó el botón y contestó en tono risueño.

—Contactos Significativos.

—Quiero ir a tus fiestas, Lydia.

El rostro de Lydia enrojeció.

—No, Burkhard. Te dije que no quería verte nunca más.

—No puedes mantenerme alejado.

—Sí que puedo.

—Te quiero, Lydia.

—No.

Lydia recreó en la mente a su novio reciente, que al principio le había parecido tan impresionante. No tardó en darse cuenta de que, detrás de su único traje caro, no había nada. Creyó que Lydia era pan comido, y cuando ella le dio el pasaporte, la acosó. El tipo no tenía trabajo, oficio ni beneficio. Era como si se hubiera materializado en el aire.

—Voy a ingresar en el club.

—Burkhard, por favor, lárgate.

—Siempre consigo lo que quiero —dijo en un tono que, de no ser tan aterrador, habría sido lastimoso, como el de un niño mimado.

—No puedes venir a mis fiestas.

—Entonces, te veré en la fiesta de aniversario. Y quiero que me fotografíen contigo, Lydia. Sé que la prensa estará presente. Estoy seguro de que les interesaría mucho saber cómo te burlas de tus clientes.

—¡Yo no hago eso! —gritó Lydia, pero él ya había colgado—. ¿Por qué tuve que conocerle? —chilló Lydia, al tiempo que arrojaba el teléfono al otro lado de la habitación. Tenía ganas de vomitar. Nadie se apuntaría a una agencia matrimonial si pensaban que la propietaria no estaba por la labor. O si pensaban que cometía terribles equivocaciones en su vida privada. Es como ir a un dentista que tiene la dentadura en mal estado.

«¿Qué voy a hacer? —pensó desesperada—. ¿Qué voy a hacer?»

21

En cuanto Regan conoció al detective Ronald Brier, le cayó bien de inmediato. Se estaba aproximando a la cuarentena, tenía el cabello castaño, complexión atlética y un brillo travieso en los ojos.

Regan se sentó al otro lado de su escritorio, en la comisaría del distrito 13. Había ido a pie, para aprovechar la oportunidad de respirar un poco de aire puro y aclarar sus ideas.

—Así que eres amiga de Jack Reilly, ¿eh?

Regan sonrió.

—Sí.

—Recuerdo los reportajes posteriores al secuestro de tu padre. —Meneó la cabeza—. ¿Cómo le va?

—Mejor que nunca —le tranquilizó Regan—. Tuvimos mucha suerte.

Ronald tenía los informes de la policía delante de él.

—¿Te alojas en el Settler's Club?

—Sólo el fin de semana. Mi amigo Thomas Pilsner es el presidente.

Ronald puso los ojos en blanco.

—Ese chico es muy impresionable.

—Se preocupa mucho por todo.

—Sí, sí.

Regan se inclinó hacia delante.

—Cuéntame tus impresiones de anoche.

—Nos llamaron para informarnos de que habían encontrado al viejo en la bañera. No habían forzado la entrada. No había contusiones, ni señales de forcejeo. Tu amigo Pilsner dice que vio los diamantes ayer. Igual los llevaba encima el otro tipo, Ben Carney, el que sufrió el infarto. Como ya sabes, le robaron la cartera.

—Sí. Esta mañana encontraron la caja roja, donde estaban guardados los diamantes, en la papelera del despacho de Thomas.

—¿Sin diamantes?

—Sin diamantes.

—¿Crees que tu amigo está metido en el ajo?

—De ninguna manera.

—Quién sabe. Iban a venderlos, quizá Ben Carter los sacó de la caja después de comer y los guardó en la cartera. Tiró la caja en la papelera del despacho de Pilsner antes de salir. El despacho no está lejos de la puerta principal del club.

—La persona que robó el billetero de Ben podría haberse encontrado con cuatro millones de dólares.

—No está mal para un simple carterista. No obstante, debo decirte que vigilaremos a Pilsner. Por si desaparece dentro de unos meses.

—No creo que eso vaya a suceder. Este fin de semana voy a hablar con la gente del club, a ver qué averiguo. Presiento que la muerte de Nat está relacionada con los diamantes.

Brier la miró y esperó.

Regan se encogió de hombros.

—Considero una coincidencia excesiva que los diamantes desaparezcan y Nat muera la misma noche. Por no hablar del hecho de que el copropietario de los diamantes caiga muerto en la calle.

—Ben Carney murió de un ataque al corazón. No cabe la menor duda —afirmó con énfasis Brier.

—Por cierto, ¿dónde está el cadáver de Ben?

—En el depósito de cadáveres. Al parecer, tiene una sobrina en Chicago. Están intentando localizarla.

—¿Me informarás cuando lo hagan? Me gustaría hablar con ella.

—Ningún problema.

—Esta noche voy a una fiesta que dan frente al apartamento de Nat. La anfitriona intenta reunir a toda la gente que asistió a su fiesta para solteros de anoche. Quizá te pida que investigues a algunos. —Sacó la caja roja del bolso. Estaba envuelta en una bolsa de plástico—. ¿Podréis analizar las huellas?

—Será un placer. Ayudaremos en lo que podamos. —Hizo una pausa—. Regan, no existen fotografías de esos diamantes. Pilsner es el único que los vio. No han sido tasados. Podría ser el típico caso de mucho ruido y pocas nueces. Si existen, tal vez no alcancen el valor de cuatro millones de dólares.

—Entiendo, pero durante estos próximos días seré la detective residente del Settler's Club. A ver qué puedo sacar en claro.

Se levantó y le extendió la mano.

—Jack Reilly es un gran tipo.

—Lo sé —contestó Regan, sonriente.

22

Janey sacó un pastel de manzana del horno. Su pequeño apartamento de un dormitorio, a escasas manzanas del Settler's Club, siempre olía bien. Si no era algún postre, sería alguna de sus especialidades, como la lasaña de carne picada, o cualquier otro de los platos deliciosos que disfrutaba preparando para los clientes.

Era un placer para ella entrar en sus apartamentos y llenar sus neveras y congeladores con los contenedores de plástico llenos de comida. La emocionaba pensar que, cuando volvían a casa cansados del trabajo, introducían sus cariñosos esfuerzos en el microondas. Ahora estaba preparando unos postres especiales para la fiesta de aniversario del club, incluyendo una gigantesca tarta de nata que sacarían en una gran mesa blanca adornada con cintas rojas.

Cualquier cosa con tal de levantar el ánimo a Thomas.

«Eh, ayer perdí dos clientes», pensó. Nat y Ben eran unos fanáticos de sus platos. Ayer mismo había dejado comida en el apartamento de Ben cuando estaba fuera. «Ahora se echará a perder», pensó.

Había sido una semana muy ocupada, y después de terminar de preparar las tartas y los pasteles, pensaba volver al club. El teléfono sonó justo cuando estaba poniendo el pastel de manzana debajo de la ventana para que se enfriara. Era la señora Buckland, una cliente buena pero exigente.

—Janey, tengo tres invitados inesperados a cenar y necesito comida.

—Pero señora Buckland... —empezó Janey.

—Sé que tú puedes hacerlo, Janey. ¿No te he presentado a todas mis amigas?

Janey sostuvo el teléfono en la mano, mientras intentaba decidir qué hacer.

—De acuerdo, señora Buckland —dijo al cabo de un momento—. ¿De cuánto tiempo dispongo?

—Un par de horas. Gracias.

Janey colgó el teléfono.

—Ahora no tengo ganas de ir a comprar comida. Y todo lo que he preparado ya. ¡No tengo tiempo! —gimió con voz lastimera.

Se le ocurrió que ni siquiera tenía ganas de complacer, pero como sucede con todas las ideas locas, si les concedes uno o dos minutos, pueden adquirir una lógica sorprendente.

Era evidente que la comida entregada en el apartamento de Ben no había sido consumida. Ni siquiera cobraría, y todavía conservaba las llaves.

Era un delicioso pollo asado relleno, con puré de patatas y su salsa especial. También había preparado guisantes y zanahorias, mazorquitas de maíz y pastel de limón. Era suficiente para dos comidas de Ben, cuatro para gente con un apetito menos feroz.

Bien, ¿por qué no? Ben vivía en un apartamento sin ascensor, así que no había portero. Tocaría el timbre. Si había alguien, diría que había pasado a dar el pésame.

Se desató a toda prisa el delantal, cogió su abrigo, bolso, las llaves de Ben y la bolsa-termo roja con su logotipo al lado, y salió corriendo por la puerta.

23

—¡Acción! —gritó Jacques Harlow a los actores en la sala de recibo del Settler's Club.

Daphne estaba sentada en un rincón, sin participar en la escena, y miraba con anhelo a los colegas que habían sido contratados para actuar. Hacer de sustituta ayudaba a pagar las facturas, pero todo lo que realmente tenía que hacer consistía simplemente en deambular mientras situaban las luces y la cámara. Luego, cuando estaban preparados, te daban la patada y entraba el «primer equipo».

Era desalentador.

Contempló la oveja que había decorado el apartamento de Nat y Wendy durante tanto tiempo. Aunque Wendy le llevaba veinte años, Daphne y ella se habían hecho buenas amigas. Hacían calceta juntas, paseaban por el parque, o a veces Wendy bajaba al apartamento de Daphne para tomar una copa de vino, cuando el grupo de jugadores de póker de Nat montaba mucha bulla. Cuando Wendy enfermó, Daphne le prometió que cuidaría de Nat, cosa que deseaba con todas sus fuerzas. Pero él sólo quería pasar el tiempo con sus compinches de la timba. ¡Y aquellas ovejas!

—¡No me hables así! —estaba gritando la protagonista, mientras retrocedía hacia la chimenea—. ¡Sólo consigues enfurecerme!

Su pierna tropezó con la oveja Dolly, lo que la hizo perder el equilibrio y caer al suelo hecha un ovillo.

Thomas, que estaba mirando desde la puerta, chilló.

—¡Sáquenle de aquí! —gritó el director.

Thomas corrió al vestíbulo, bajó los peldaños y salió por la puerta. Pensó que gozaría de un momento de paz, pero se topó con el productor de televisión por cable Stanley Stock, que apuntaba su cámara a los camiones de la productora. Thomas había dado media vuelta para volver a entrar, cuando oyó que Regan le llamaba.

Cinco minutos después, por esas cosas que nadie sabe explicarse, Thomas, Stanley, Regan y Daphne, a la que habían concedido un descanso, estaban sentados a una mesa apartada del comedor, lejos de las cámaras.

—No te preocupes, Thomas, yo te apoyo —estaba diciendo Stanley, mientras untaba con mantequilla su pan—. Quiero hacer un bonito reportaje sobre vuestro centenario. Quiero contar que el club tiene mayordomos residentes, que es un lugar donde se puede conocer a gente mediante un servicio de contactos interno, que hasta Hollywood se ha rendido a su encanto.

—Gracias, Stanley.

—Uno de tus vecinos no opina lo mismo, por supuesto.

—¿Quién?

—Archibald Enders y su mujer opinan que estás arrastrando el buen nombre de Gramercy Park por los suelos. —Stanley mordió un buen pedazo de pan italiano, crujiente y recién hecho—. Van a sufragar una campaña para echarte.

—¡Miserables! —gruñó Thomas.

—Thomas está haciendo un gran trabajo —dijo Daphne con fervor—. Ningún residente del club quiere que cierre. Desde que Thomas llegó, ha trabajado mucho para mejorar las cosas.

—Gracias, Daphne —dijo Thomas con una leve sonrisa—. Sé que esto ha de ser muy duro para ti. Has vivido aquí durante mucho tiempo, y eras amiga de Nat.

—Conocía mejor a su mujer, pero Nat era un buen hombre.

Regan se sintió inquieta de repente.

—Stanley, estuviste en la fiesta de anoche, ¿verdad?

—Ya lo creo. Y esta noche voy a volver. Lydia quiere reunir a todo el grupo.

—Lo cual quiere decir que rodaste mucho metraje, ¿no?

—Sí.

—¿Crees que podría ver esas cintas?

—¿Cuándo?

—Esta tarde. ¿Las has traído contigo?

—No. Están en mi estudio.

—¿Puedo verlas después de comer?

De repente, el cerebro de Stanley se concentró en la idea de que tal vez sus cintas contuvieran la clave del asesinato.

—Por supuesto.

«Si pudiera averiguar quién es Botón de Oro», pensó Regan…

24

Janey no tardó en llegar al edificio en el que Ben Carney había vivido durante treinta años. Después de divorciarse, Ben había querido vivir más cerca del club. Le había encantado encontrar un apartamento situado a pocas manzanas del club, distancia que podía recorrer a pie.

Janey respiró hondo y oprimió el botón que correspondía a la etiqueta CARNEY. El aire era frío, y se estremeció bajo el abrigo de lana beige. Miró a uno y otro lado de la calle. No había nadie. Sacó sus llaves y entró en el vestíbulo donde estaban los buzones. Vio que el de CARNEY tenía correo dentro.

De momento, todo va bien, pensó. Abrió la segunda puerta, entró y cerró la puerta a su espalda, y luego subió la escalera. El apartamento de Ben estaba en el segundo piso, al final de la escalera.

Janey se detuvo ante la puerta de Ben, la abrió a toda prisa y entró. La cerró con llave y exhaló un suspiro de alivio. Me parece increíble lo que estoy haciendo, pensó.

Reinaba un silencio tétrico en el apartamento. Aunque estaba limpio, Janey pensó que la atmósfera era opresiva y triste, como si supiera que el propietario no volvería. Y pensar que ayer vine a traerle comida...

¡Y ahora vengo a llevármela! Janey apartó el pensamiento de su mente y entró en la cocina. Era grande y anticuada, con una pequeña despensa a un lado. Janey dejó la bolsa-termo en el suelo, junto a la nevera, abrió la puerta y procedió a vaciarla de sus platos preparados. Metió en el maletín el pollo, las patatas, las verduras, el relleno y el pastel, y después abrió el congelador para ver qué más podía rescatar. Janey rió. Un envase de plástico lleno de lasaña. Lo cogió y se agachó para colocarlo encima de las verduras.

De repente, sintió que había alguien más. Al instante, una mano apareció desde atrás y roció sus ojos con un aerosol.

—¡Ayyyyy! —gritó Janey, mientras se revolvía contra su atacante, pero le escocían los ojos, y perdió el equilibrio por completo. Al cabo de pocos segundos se sintió empujada a la diminuta y oscura alacena, que cerraron con llave.

—¡Déjeme salir! —gritó, al tiempo que golpeaba la puerta, enormemente pesada. Pero fue inútil. Sabía que su atacante no la iba a soltar. Tenía suerte de que no le hubiera hecho daño.

Se sentó en el suelo, casi a oscuras, pues sólo se filtraba luz por la rendija de debajo de la puerta. Empezó a asumir la realidad de lo ocurrido. «¡Oh, Dios mío! —pensó—. ¡Esto es humillante! ¿Cómo podré sobrevivir? ¡Si logro salir con vida, Thomas me abandonará ciertísimamente.» Mientras empezaban a brotar las lágrimas, decidió que si salía de ésta, la señora Buckland ya podría cocinar para sí misma sin su ayuda.

Al señor Archibald Enders y su esposa, Vernella, les gustaba mucho vivir en Gramercy Park. Ambos ya setentones, habían viajado por todo el mundo, pero les alegraba volver a la casa de la ciudad donde Archibald se había criado y atormentar a sus criados. No eran felices si no había algo de qué quejarse.

El hecho de que el Settler's Club se estuviera cayendo a pedazos al otro lado de la plaza les deparaba mucho tema de conversación. Archibald hacía lo imposible por enterarse de todas las desgracias que acontecían en el club.

Como niño, cuando paseaba dócilmente por el parque con su niñera; como adolescente, cuando estaba de vacaciones; como joven agente de bolsa educado en Harvard y con trabajo en la empresa familiar, invitado a los tés y cenas de gala en el Settler's Club, Archibald era capaz de recordar los tiempos en que el club estaba a la altura de su entorno. Pero durante el último cuarto de siglo había caído en la más absoluta decadencia. El fragor dorado del mercantilismo se había convertido en una estampida. Ahora, su nuevo presidente estaba transformando el lugar en una casa de locos.

¡Sede de una agencia de contactos! ¡Decorado para una película de tercera clase!

Y el follón de anoche, con el aullido de las sirenas de la policía y de la ambulancia. Toda la gente en la calle, ansiosa por fisgonear. ¡Rumores de diamantes robados y un asesinato!

No era buena publicidad para un viejo club que intentaba atraer a nuevos miembros. El Settler's Club cerrará sus puertas, pensó. No cabe duda. Pronto será ocupado por alguien más digno del entorno.

Y yo tengo al candidato apropiado.

Llamó por segunda vez a Inglaterra aquel día.

—Thorn —dijo—, sugiero que vengas en el último vuelo de esta noche. Este fin de semana tenemos trabajo.

26

Regan y Stanley fueron en taxi a la gasolinera reconvertida.

Ahora sí que lo he visto todo, pensó Regan mientras Stanley la acompañaba al interior.

—¿Qué opinas? —preguntó el hombre con una gran sonrisa—. Otra gente convierte almacenes en apartamentos palaciegos. Yo he convertido una gasolinera en una casa acogedora.

—Eres un genio —dijo Regan.

—Gracias. Siéntate, por favor.

Regan se hundió en el sofá, todavía asombrada por el entorno. Había visto muchas viviendas extravagantes, pero ésta se llevaba la palma.

—¿Te apetece una taza de té? —preguntó Stanley.

Lleno, por favor, quiso decir Regan, pero le dio las gracias y aceptó una taza de una infusión especial que, según Stanley, despejaba los senos nasales. No estoy muy segura de que quiera despejarme los senos nasales en este lugar, pensó Regan, pero la infusión estaba muy buena.

Stanley se sentó e introdujo una cinta de la fiesta en el vídeo conectado con el televisor de pantalla gigante. La cinta empezaba con gente yendo de un sitio a otro y charlando. Los mayordomos pasaban canapés.

—Pinchos de dátil y beicon —comentó Regan.

—Alguna gente los considera de mal gusto, pero siempre se terminan —dijo Stanley, mientras contemplaba la pantalla con admiración.

«¿Cómo es posible que algunos terminaran en la basura de Nat?», se preguntó Regan...

—¿Qué tal era la gente? —preguntó.

—Simpática, por lo general. Aunque no todo el mundo quería salir en pantalla.

—¿Cuántos no quisieron enseñar la cara? —se interesó Regan.

—La mitad, más o menos. Como ves, doy la sensación de que es una gran fiesta. Ahí está Lydia conferenciando con Maldwin y los demás mayordomos en la cocina...

—Hay una mujer —observó Regan.

—Muy eficiente —dijo con vehemencia Stanley—. Muy eficiente.

Vieron a un hombre que hablaba con una mujer que sujetaba un bolso de Snoopy.

—Menudo bolso —comentó Regan.

Stanley suspiró.

—No lo soltó en toda la noche. De hecho, se disgustó muchísimo cuando empezó el alboroto y nos enteramos de que Nat Pemrod había muerto.

—¿Le conocía?

—Me contó que le había conocido en una fiesta. Le dijo que le gustaba su bolso.

«¿Podría ser Botón de Oro? —se preguntó Regan—. ¿Podría ser Botón de Oro alguna de estas mujeres?»

Regan no tenía tiempo para mirar hasta el último minuto de las casi cuatro horas de cinta, pero lo que vio la familiarizó con alguna de las personas que conocería esta noche.

—¿Qué pasó cuando apareció la policía? —preguntó a Stanley.

Stanley rebobinó hacia delante, hasta llegar al final de la cinta, que mostraba a un policía ante el apartamento de Nat. Después, se puso en blanco.

—¿Ya está? —preguntó Regan.

—Me quedé sin cinta.

«Me lo suponía», pensó Regan.

—Pero tampoco me dejaron entrar. —Stanley desconectó el aparato—. ¿Te ha servido de algo?

—Sí —dijo con sinceridad Regan.

—Ruedo mucho metraje y luego hago un montaje con los fragmentos más interesantes.

—Entiendo —dijo Regan, y luego bajó la voz, como si quisiera hacer una confidencia a Stanley—. Trae muchas cintas esta noche. Yo pagaré. Tu cámara nos hará de ojos extra. Nunca se sabe qué puede captar.

Stanley sonrió. «Tal vez consiga un programa para mí solo», pensó.

Cuando Regan salió, paró un taxi. Eran las cuatro, y aunque el tiempo era frío e invernal, los días se estaban alargando. La primavera estaba a la vuelta de la esquina.

Abril es el mes más cruel, desde luego, pensó. Aunque creo que para algunas personas, marzo es un feroz competidor. Sobre todo en el caso de Nat y Ben.

«Quiero ayudar a Thomas —pensó—, pero parece que no hace más que empeorar las cosas. Si alguien de la fiesta de Lydia robó los diamantes o mató a Nat, es porque Thomas dio permiso a Lydia para invitar a desconocidos al club.»

Pero no había señales de que hubieran forzado la entrada. Nat debía conocer a su asesino.

Regan sacó su libreta. Apuntó algunos pensamientos. «Hablar otra vez con Clara. Averiguar si vio algo en el apartamento que pudiera indicar la presencia de otra mujer. Pedir a Thomas una lista de toda la gente que vive en el club. Hablar con el camarero que sirvió a Nat, Ben y Thomas durante la comida. Averiguar quién es el abogado de Nat. ¿Dónde está el testamento?» Por fin escribió: «Hablar con la propietaria del bolsito de Snoopy».

«Por algún motivo, creo que va a resultar muy interesante», reflexionó Regan, mientras se reclinaba en el asiento y miraba por la ventanilla.

27

Cuando Maldwin regresó al apartamento de Lydia con su grupo, la encontró en el dormitorio principal con la cabeza cubierta por las sábanas.

—Señorita Lydia —dijo Maldwin. Comprendió que algo había pasado—. ¿Puedo traerle un poco de té?

—Creo que el té no solucionará mis problemas —contestó Lydia, al tiempo que se destapaba.

Maldwin se sentó en el borde de la cama. Eso no lo habría hecho ningún mayordomo de la vieja escuela, pero Maldwin creía que los mayordomos del siglo veintiuno debían practicar la compasión con sus señores. Se sentía el protector de Lydia, el confidente, en cierto modo su alma gemela, aunque a veces le volvía loco.

—¿Qué sucede, Princesa? —preguntó.

—Ha llamado Burkhard.

—Eso no es bueno...

—Para empezar, ¿por qué me sentí atraída hacia él? —gimió Lydia.

«Buena pregunta», pensó Maldwin, pero intentó componer una expresión pensativa.

—Al principio, el señor Whittlesey daba una impresión de clase y buena educación.

—Alguien con clase no se pega a la señora del talonario todo el tiempo...

—Comprendo.

—Alguien con clase no amenaza con dar la vuelta a las cosas que dije en privado.

—¿Se refiere a burlarse de sus clientes?

—¡Maldwin!

—Lo siento.

—Sólo le interesaba mi dinero. Pensó que podía manipularme porque fue a la universidad y yo no. Pero he aprendido mucho en la calle.

—En efecto, señorita Lydia.

—Tengo miedo, Maldwin.

—No hay motivos para tener miedo —dijo Maldwin, aunque no se lo creía.

—He invertido mucho dinero en este negocio. Quiero que tú y yo triunfemos en Nueva York. Daremos a nuestras respectivas ocupaciones la forma que adoptarán en el tercer milenio. Burkhard podría destruirme por eso.

—No se lo permitiremos —dijo Maldwin con firmeza.

Lydia se incorporó.

—¿Cómo ha ido el día?

—Ha puesto a prueba mi paciencia. Temo que Vinnie y Albert carezcan de la personalidad apropiada para la profesión.

—Ya me lo había figurado.

Maldwin no le hizo caso.

—Pensé que serían aceptables porque mi escuela de mayordomos está pensada para estos tiempos de cambios. Es imposible pensar que vas a encontrar alumnos que encajen con el perfil del clásico mayordomo inglés, el típico mayordomo que parece un aristócrata.

—Nada más lejos en el caso de ese par —admitió Lydia—, pero ya dicen que es difícil encontrar buenos colaboradores. Tuve suerte cuando te encontré.

Maldwin se encogió. Detestaba que le consideraran un «colaborador». Dirigía este maldito lugar como si fuera de su propiedad. Carraspeó.

—Como Maese Eckhart dijo, «Todo el mundo nace aristócrata». Por desgracia, casi todo el mundo pierde su encanto en la infancia.

—¿Quién es Maese Eckhart?

—Un hombre sabio que vivió hace muchos siglos. —Maldwin se levantó—. Venceremos. El domingo por la noche se emitirá el programa de Stanley Stock, y estoy seguro de que el lunes el teléfono no parará de sonar. Sobreviviremos a este fin de semana y todas sus molestias.

—¿Y si Burkhard aparece en la fiesta de mañana por la noche?

—Nos ocuparemos de él. Creo que deberíamos concentrarnos en nuestra fiesta de esta noche.

Lydia volvió a taparse la cabeza.

—Sabía que debía haber cogido aquel otro apartamento que vi. ¡No me encontraría en esta situación!

—Lamentarse es una pérdida de tiempo —dijo Maldwin—. Vístase. Hemos de lograr que la reunión de esta noche supere a todas las demás.

28

De vuelta a su habitación de alquiler, Georgette estaba sentada a la única mesa, y examinaba el botín recogido en el apartamento de Ben.

No era gran cosa.

Aún no podía creer que aquella mujer, fuera quien fuera, hubiera entrado a robar la comida de Ben. Para que luego hablen de morro. Bien, al menos no me vio. ¿Quién sabe cuánto tiempo pasará encerrada allí?

Georgette lanzó una risita. Levantó la vista cuando oyó la llave en la cerradura. Blaise entró con el mismo aspecto enfurruñado de cuando se había ido.

—¿Qué es todo eso? —preguntó, mientras señalaba los gemelos, las monedas extranjeras y el juego de peine y cepillo de plata.

—Te sentirás muy orgulloso de mí —dijo ella.

—¿Por qué?

—¿Te acuerdas del llavero que robé a Nat?

—Sí.

Georgette se sentó muy tiesa, entusiasmada por lo que iba a contar.

—Había sacado la llave de Nat, pero hoy me puse a pensar, así que volví a casa y examiné las demás llaves. Había dos marcadas con una B y una C diminutas.

Blaise continuó impasible.

—¿No lo captas? ¡Ben Carney! ¡El mejor amigo de Nat! ¡El que murió anoche! Por eso Thomas Pilsner fue corriendo al apartamento de Nat.

—Ya sé de qué hablas.

—Imaginé que debían ser las llaves del apartamento de Ben, así que busqué su dirección y fui allí. ¡Las llaves funcionaron!

—¿Por qué lo hiciste?

—Porque ha muerto. Pensé que tal vez guardaría los diamantes en el apartamento. Nunca se sabe, ¿verdad?

—Fue una estupidez.

—¿Por qué?

—Porque si te hubieran pillado, no habrías podido buscar los diamantes en el apartamento de Pemrod, el sitio más probable donde deberían estar.

—No costaba nada probar —se defendió Georgette, irritada por el hecho de que Blaise no alabara su ingenio. «Y ahora tendré que contarle el resto», pensó—. Entró alguien cuando estaba en el dormitorio, registrando las pertenencias de Ben.

—¿Cómo?

Blaise parecía alarmado.

—No te preocupes. La mujer no me vio. Le rocié la cara con un aerosol y la encerré en la alacena.

—¡Georgette! ¿Has perdido la razón? Lo único que has sacado en limpio han sido unas cuantas chucherías y alguien que tal vez podría identificarte.

—¡Te digo que no me vio! ¿Y si los diamantes hubieran estado en el piso? No hablarías de la misma forma.

Blaise se sentó frente a ella y se masajeó los ojos.

—He vuelto para ponerme el esmoquin. Lydia da otra fiesta esta noche.

—Voy a ir.

—¿Vas a ir?

—Sí, me llamó y dijo que quería disculparse por la confusión de anoche. Esta noche reúne al mismo grupo de ayer, gratis.

—No me hace ninguna gracia —dijo Blaise—. Las cosas se están poniendo feas. Creo que deberíamos irnos de la ciudad lo antes posible.

—¿Y los diamantes?

Blaise pensó un momento.

—Después de la fiesta de esta noche, entraremos en el apartamento de Pemrod. Lo registraremos. Si no los encontramos, yo digo que nos larguemos.

—¿Y tus clases de mayordomo?

—¡No las aguanto más! ¡Me importa un bledo la forma correcta de alisar el periódico, preparar un baño o sacar brillo a la plata!

Georgette cogió el cepillo de plata que había encontrado en el tocador de Ben y sonrió.

—Puedes practicar con esto.

—Muy divertido. —Cogió las manos de la mujer en la suya—. Georgette, Lydia está tramando algo. Lo presiento. Es probable que nos reúnan a todos esta noche para que la policía pueda interrogarnos.

—Quizá no deberíamos ir.

—Eso sería peor. Además, quiero echar un vistazo al apartamento de Nat. Después, nos iremos.

Georgette paseó la vista a su alrededor.

—Me alegraré de abandonar este vertedero.

—Yo también.

—¿Y si nos pillan esta noche?

—No permitiremos que nadie se interponga en nuestro camino.

Rieron al unísono.

29

Janey yacía en posición fetal en el suelo de la alacena. Le escocían los ojos y tenía frío. Imaginó su bonito y confortable abrigo doblado sobre una silla de la cocina, a escasa distancia. Aún no podía creer lo ocurrido.

Casi experimentaba la sensación de que su vida estaba desfilando ante ella. Tanto trabajar para esto, pensó. Un estúpido error. Estúpida, estúpida, estúpida. Sin duda tengo todos los números para protagonizar un episodio de «Mi momento más embarazoso».

«¿Me encontrará alguien? —se preguntó—. ¿Quiero que me encuentren? Podría ponerme a dar saltitos, pero creo que nadie me oiría. Este lugar está construido como una fortaleza.»

Su teléfono móvil sonó por tercera vez. Estaba en su bolso, al lado del abrigo, sobre la silla. Con suerte, será la señora Buckland, preguntando por su pollo asado. Pero en el fondo sabía que era Thomas. La llamaba diez veces al día. A veces, si estaba ocupada entregando comidas, o visitando a alguno de sus clientes de edad avanzada, no le llamaba en el acto. Como anoche. No estuve cuando me necesitaba.

«¿Se preocupará por mí? Siempre lo ha hecho. ¿Vendrá a buscarme aquí? ¿Por qué iba a hacerlo? ¿Quién sabe cuándo localizarán a la sobrina de la que Ben siempre hablaba? Podrían pasar días antes de que la encontraran, y semanas antes de que venga a vaciar el apartamento.»

«¡Y la fiesta de aniversario es mañana por la noche!» Janey no quería perdérsela. Pensó en todos los postres deliciosos que había preparado, la gran tarta que dejaría boquiabierto a todo el mundo. Toda la ayuda que iba a prestar a Thomas para reclutar nuevos miembros del club. Una negra depresión se estaba cerniendo sobre ella, mientras lágrimas no provocadas por el aerosol se formaban en sus ojos.

Tras cinco minutos de regodearse en su desdicha, Janey tomó una decisión. «He de pensar de una manera positiva —se dijo—. Si logro salir de aquí, mi vida no estará terminada. ¿Cuántas celebridades han cometido tremendos errores en público? Se disculparon, al menos algunas, y continuaron su vida.»

«¡Ya lo sé! —pensó—. La persona que me roció los ojos con spray es un auténtico criminal. Estaba registrando el apartamento. Habrá robado las cosas de Ben.»

«Si salgo de aquí, haré lo imposible por colaborar en su captura.» Janey se concentró. «Vamos a ver. Era una mujer, no cabe duda. Creí sentir el roce de pelo largo contra mi cara cuando me encerró aquí. ¡Y su perfume! Lo reconocería en cualquier sitio.»

Estos pensamientos alegraron un poco a Janey, al tiempo que alargaba una mano y cogía una caja del estante, que resultó ser de Rice Krispies. Metió la majo en la caja y cogió un puñado. Los cereales crujieron en su boca. Esto es lo que voy a hacer con los huesos de la persona que me encerró aquí en cuanto salga y descubra quién fue.

De repente, pensó en su película favorita, *Sonrisas y lágrimas*, y empezó a cantar en voz baja, «When the dog bites, when the bee stings... [Cuando el perro muerde, cuando la abeja pica...]».

30

La luz del contestador automático de Nat estaba destellando cuando Regan volvió al apartamento. Apretó el botón de reproducción.

—Nat, soy Edward Gold. ¿Qué os ha pasado a Ben y a ti? Hoy no habéis aparecido. Hemos hecho una ampliación del talón para la fiesta de mañana por la noche. Llámame.

Regan abrió los ojos de par en par. Volvió a pasar la cinta. «¿Quién es Edward Gold? —se preguntó—. ¿Por qué no ha dejado su número? ¿Hablaba del talón por los diamantes?»

Llamó a información al instante. Había tres Edward Gold en Manhattan. Regan llamó a los tres. Uno estaba en casa. No sabía de qué le hablaba. A las otras dos llamadas respondieron contestadores automáticos. Uno se llamaba Eddie y el otro Teddy. A juzgar por sus voces, Regan comprendió que ninguno de ellos era el hombre que andaba buscando.

Estaba sentada ante la encimera de la cocina. Las páginas amarillas debían de estar en alguna parte, pensó. Las encontró en el segundo cajón que abrió. Sacó el pesado volumen, lo dejó sobre la encimera y lo abrió por la sección de joyerías. Había varias páginas de anuncios de compras, ventas, reparaciones, diseños a medida y tasaciones. Compraventa de joyas de segunda mano. Servicios de perforación de oreja. Y entonces, lo encontró. El anuncio de Edward Gold Joyeros, en la calle Cuarenta y siete Oeste.

Regan descolgó el teléfono y llamó. Al cabo de un momento estaba hablando con Edward Gold. Le dijo quién era y le dio las malas noticias.

—No puedo creerlo —dijo el hombre—. Estuvieron aquí el otro día. Tasamos los diamantes, y hoy iba a entregarles el cheque. Mañana por la noche íbamos a llevar los diamantes al Settler's Club, para que todo el mundo pudiera echarles un vistazo, y teníamos una réplica ampliada del talón, como las que hacen para los ganadores de la lotería. Iba a ser una bomba.

—Usted llegó a ver los diamantes.

—Ya le he dicho que los tasamos. Son hermosos. Incluso tengo a una persona interesada en comprarlos. Es su cuarenta aniversario de bodas, y pensaba convertirlos en pendientes para su mujer.

—Menudos pendientes —dijo Regan.

—Me siento fatal.

—¿Conocía bien a Nat?

—Conocía a todo el grupo de jugadores de cartas. Vaya colección de caracteres. ¿Se imagina tirar un diamante valioso dentro de una olla y dejarlo allí durante todos estos años? El último superviviente se queda con los cuatro. Esos tíos eran unos excéntricos. Qué pena.

—¿Desde cuándo los conocía?

—Hará unos diez años. Los conocí en una exposición de joyas. Todos se jubilaron unos años después. A veces, se llegaban a mi despacho para charlar.

Regan pensó en «Botón de Oro». Se preguntó si Nat se habría confiado a Edward.

—¿Qué van a hacer ahora con los diamantes? —preguntó Edward—. Los dos estaban muy entusiasmados con la idea de donar el dinero al Settler's Club.

Regan vaciló. El hombre parecía honrado. Consultó su reloj. Eran las cuatro y media.

—No estoy segura —contestó—. ¿Cree que podría pasarme por su tienda?

—¿Ahora?

—Sé que es tarde para un viernes, pero como la fiesta es mañana por la noche, y de momento me estoy encargando de los asuntos de Nat, me gustaría hablar con usted unos minutos.

—Venga. Tengo una botella de buena ginebra que iba a compartir con Nat y Ben. Quizá deberíamos tomar una copa a su memoria.

31

«La actuación de la última escena habrá sido la peor que he visto en mi vida —pensó Daphne—. Si la película se estrena y la gente sabe que fue filmada en el Settler's Club, nadie querrá venir aquí nunca más.»

El equipo estaba volviendo a colocar las luces y moviendo la cámara para poder filmar desde el otro lado de la sala. Daphne estaba en la zona del bar, sentada junto a la actriz a la que sustituía. Su nombre de guerra era Pumpkin Waters. «Muy mona cuando tienes veinte años —pensó Daphne—, patética cuando tienes sesenta.» No cabía duda de que Pumpkin se consideraba superior a Daphne.

—¿Trabajas mucho últimamente? —preguntó Daphne.

Pumpkin le dirigió una mirada marchita.

—Siempre estoy trabajando.

—Sé que esta profesión es muy dura cuando te haces mayor. Sobre todo para las mujeres.

A cada palabra, Daphne parecía irritar a Pumpkin más y más.

—Fue interesante la forma en que incorporaste esas ovejas a tu diálogo. Después de que tropezaras con ellas, quiero decir.

—¿Quieres hacer el favor de dejarme en paz? —replicó Pumpkin—. Me estoy concentrando.

«¿En qué?», se preguntó Daphne. Se puso en pie.

—Voy al despacho de Thomas. Si me necesitas, diles que me den un grito.

Pumpkin se limitó a asentir.

Daphne encontró a Thomas sentado ante su escritorio, repasando los planes para la fiesta de aniversario. Como de costumbre, parecía nervioso.

—¿Cómo va la película? —preguntó Thomas.

—No creo que vaya a ganar ningún Oscar.

Thomas parecía apenado.

—Al menos, servirá para pagar algunas facturas.

—¿Necesitas ayuda para la fiesta de mañana? —preguntó Daphne.

Thomas negó con la cabeza.

—La cocina ya ha planificado el menú. Canapés. Un buffet generoso. Postres. Janey está preparando una tarta especial. —Descolgó el teléfono—. Estoy un poco preocupado. No he podido localizarla en toda la tarde.

—A lo mejor ha salido a entregar pedidos.

—Hoy no tenía. Estaba cocinando para la fiesta.

—Estoy segura de que está bien. No son ni las cinco. ¿Dónde está Regan Reilly?

Thomas colgó el teléfono.

—Sigue sin contestar —contestó distraído, y luego miró a Daphne—. Regan acaba de irse. Ha ido a ver al joyero que iba a comprar los diamantes de Nat.

—Así que Nat y Ben se habían puesto en contacto con alguien para que los vendiera. ¡Eso es maravilloso!

—Si no los recuperamos, no. Al menos, demuestra que existían. Que no estoy loco.

—Quiero decirte una cosa, Thomas —empezó Daphne—. Nunca aprobé la idea de que hubiera un servicio de contactos con sede en el club. Siempre hay desconocidos en los ascensores.

Thomas se hundió en su silla.

—Daphne, lo permití por varios motivos. Para empezar, pensé que algunas de las personas decentes que van a las fiestas de Lydia terminarían ingresando en el club. Necesitamos miembros nuevos.

—Lo sé, lo sé, pero Lydia es tan nueva rica. Y ese mayordomo suyo, Maldwin, cree que es la única persona del club con clase. Eso no me gusta. Debió de ser uno de sus invitados el que se llevó los diamantes de Nat.

—¡Basta, Daphne! —gritó Thomas—. Regan está haciendo lo que puede por solucionar el misterio. Me pidió que hiciera una lista de todas las personas que viven en el club para hablar con ellas.

—Anoche no vi nada. Tendrías que haber instalado cámaras en el ascensor y en los pasillos, como hablamos cuando empezaste a trabajar aquí.

—Intentaba ahorrar dinero.

Un ayudante de producción apareció en la puerta.

—La necesitamos, señorita Doody.

Daphne se volvió hacia Thomas.

—Si puedo ayudarte en algo, avísame.

«Tu clase de ayuda no es la que necesito», pensó Thomas, pero sonrió cortésmente. Cuando Daphne salió del despacho, Thomas descolgó el teléfono de nuevo. Estaba desesperado por hablar con Janey, pero salió una vez más el buzón de voz. Sé que ha pasado algo, pensó. Lo sé. Si no la he localizado cuando Regan vuelva, le pediré que me acompañe al apartamento de Janey. Teniendo en cuenta todo lo sucedido en las últimas horas, no me sorprendería que fuese algo horrible.

32

La fiesta estaba llegando a su apogeo en la sala de recepción principal del hotel Paisley. Agentes de la ley y escritores que escribían sobre su profesión se encontraban y saludaban con gran alegría. Las conferencias y seminarios habían ido bien. La gente ya estaba hablando de la siguiente convención y de los temas que suscitarían interés.

Luke se había reunido con Nora para la fiesta, y después salieron a cenar con los amigos.

—¿Has hablado con Regan? —preguntó a Nora.

—Desde esta mañana, no.

—He estado hablando con Austin —empezó Luke, mientras aceptaba una copa de vino del camarero. Austin era su mano derecha en el negocio de las funerarias—. Le hablé del caso que Nora ha aceptado para el Settler's Club. Dijo que conocía a alguien que fue a una fiesta de solteros el día de San Valentín. Resulta que la chica que dirige la agencia es la misma de la que oímos hablar el año pasado, cuando vivía en Hoboken. ¿Te acuerdas de que los hermanos Connolly contaron la historia de una anciana que tenía un montón de dinero sin que nadie lo supiera, y lo dejó a su vecina? La mujer apareció un día en su funeraria y planificó por anticipado un funeral modesto. Los Connolly le permitieron aplazar el pago, y después descubrieron que tenía un par de millones de pavos en el banco.

—Me acuerdo —dijo Nora—. Juraría que corren más chismes en la industria funeraria que en ninguna otra.

—Bien, esta chica heredó todo el dinero, y los Connolly recuperaron de milagro los gastos. Ahora ella vive en un ático del Settler's Club y dirige un servicio de contactos. Pues bien, cuando los Connolly se apuntaron a una campaña de caridad y le pidieron una contribución, ella los rechazó con cajas destempladas.

Nora enarcó las cejas.

—Bien, ¿se lo pasó bien la persona que fue a su fiesta?

—Nada más salir de ella se reconcilió con su mujer.

—No hay nada mejor que un final feliz —dijo Nora con ironía—. Quizá deberías informar a Regan.

—Lo haré —dijo Luke.

En el bar, al lado de Nora y Luke, había alguien ducho en el arte de escuchar a escondidas. La periodista con la que Nora había hablado aquella mañana había vuelto, invitada por Nora a la fiesta. «¿Por qué no me dijiste que tu hija estaba en el Settler's Club cuando hablé de él antes? —se preguntó Mary Ruffner mientras esperaba su bebida—. Ahora tendré que pasarme por allí.»

Dio una palmadita a Nora en el hombro.

—¿Cómo está? —preguntó, y luego se volvió hacia Luke—. Y usted debe ser el padre de Regan Reilly.

33

—Con un apellido como Gold [Oro], pensé que debía hacerme joyero —rió Edward Gold, mientras servía dos vasitos de ginebra. Estaban en el despacho bien iluminado que había encima de su tienda, en la calle Cuarenta y Siete Oeste.

—Pero yo tengo un amigo apellidado Taylor [Sastre] que es incapaz de coserse un botón —contraatacó Regan, sonriente, al tiempo que le alargaba el vaso.

—Ésa es buena. Pensándolo bien, tengo un amigo apellidado Baker [Panadero] que necesita una brújula para encontrar la cocina.

Entrechocaron los vasos. A Regan no le apetecía mucho la ginebra, pero pensó que era mejor demostrar espíritu de camaradería. Tal vez animaría a Edward a hablar. Aparentaba unos sesenta y cinco años, tenía una frondosa mata de pelo blanco, un bigote fino y grandes ojos castaños risueños. Medía alrededor de un metro setenta y cinco y era delgado. Regan tuvo la sensación de que siempre estaba en movimiento. Tenía el tic de tirarse del hombro izquierdo de su jersey cada pocos segundos.

—Por Nat y Ben —dijo Edward con seriedad—. Descansen en paz.

«Creo que no descansarán en paz hasta que encontremos los diamantes», pensó Regan, pero tomó un breve sorbo del potente licor, se encogió y carraspeó.

—No quería decírselo por teléfono, Edward, pero los diamantes han desaparecido.

Los ojos del hombre estuvieron a punto de salírsele de las órbitas.

—¿Desaparecido?

«Y con ellos su comisión», pensó Regan.

—Desaparecido —repitió. Le contó toda la historia—. Puede que los robaran junto con el billetero de Ben. En ese caso, un carterista tuvo mucha suerte. O puede que se los llevaran del apartamento de Nat. Pensé que, si hablaba con usted, podría facilitarme información útil. Quisiera hacerle unas preguntas...

Edward se sirvió más ginebra, meneó la cabeza y tironeó del jersey.

—Pregunte.

—¿Veía a menudo a esos hombres?

—Cada dos meses aparecía todo el grupo de jugadores de cartas. Tomábamos una copa en el despacho, y luego salíamos a comer. Era divertido. Se hacían llamar «los Naipes».

—Eso me han dicho.

Edward asintió.

—Nat, Ben, Abe y Henry. Corazones, tréboles, picas y *diamantes*. Amigos de toda la vida. Ojalá hubiera tenido un grupo como ése, se lo aseguro. Tengo muchos amigos, pero contar con un grupo de cuatro que pasaron cincuenta años juntos... Habían acumulado un montón de historia. Sobrevivieron a hijos, nietos, divorcios, esposas, disputas ocasionales. Pero cada semana jugaban a las cartas. Después de que Abe y Henry murieran el año pasado, Nat y Ben hicieron examen de conciencia. Les dolió mucho la pérdida de sus amigos. Ninguno de los dos necesitaba el dinero de los diamantes, y ninguno quería gastarlo solo. El centenario del club les pareció la solución perfecta. Creyeron que sería más divertido donar el dinero al Settler's Club y aconsejarlos sobre su empleo. —Edward parecía muy abatido—. Aguardaban con impaciencia la fiesta de mañana por la noche.

—¿Cree que hablaron de los diamantes a otras personas?

Edward negó con la cabeza.

—Dijeron que era un secreto. Pero ya sabe cómo son los secretos.

—Ya lo creo.

—Llamaban a Ben «el Bocazas».

—¿Sí?

—Se sentaba en el bar del Settler's Club y hablaba por los codos. De lo que fuera. Nat era más reservado, aunque le gustaba contar chistes. En cualquier caso, él y su mujer, Wendy, eran muy tranquilos y plácidos. Tal vez a causa de todas aquellas ovejas. ¿Las ha visto?

—Oh, sí.

—De locura, ¿eh? Algunas personas se apegan a sus animales domésticos. Ellos se apegaron a sus animales disecados.

—Todo el mundo se apega a algo —dijo Regan—. Tengo entendido que los cuatro amigos eran miembros del club.

—Exacto. Nat era el único que vivía allí, pero todos se sentían allí como en su casa. Compartieron muchos almuerzos en el comedor. Beba su ginebra.

—Está buena —dijo Regan, mientras tomaba un sorbito—. ¿Le habló Nat de que tenía novia?

Edward abrió los ojos de par en par.

—¿Novia?

Regan no entró en detalles.

—Si salía con alguien, tal vez le habló a ella de los diamantes.

—¿Novia? —Edward agitó la mano—. ¡No! Le gustaba flirtear con las damas. Caía muy bien a las camareras, pero no creo que saliera con nadie. Si fue así, nunca me dijo nada.

—Quizá fue algo reciente.

—¡Ya lo entiendo! —exclamó Edward—. A una novia no le haría mucha gracia que se desprendiera de los diamantes. Al fin y al cabo, los diamantes son los mejores amigos de una chica, como decía la Marylin en una de sus películas. —Rió, pero se puso serio enseguida—. No he sido muy respetuoso. Al fin y al cabo, Nat está muerto.

Regan pensó que la ginebra empezaba a obrar efecto en Edward.

—¿Se le ocurre algo sobre Ben que pudiera ayudarme? ¿Alguna de sus costumbres? ¿Algo que no parezca importante, pero que en realidad lo sea?

—Ummm. En una ocasión fuimos todos a su casa. Era su cumpleaños, y le dimos una sorpresa. Estaba en el cuarto de baño cuando la mujer de la limpieza nos dejó entrar. Su diario estaba encima de la mesa del comedor. Menudo corte le dio. Los chicos le tomaron mucho el pelo.

—¿Llevaba un diario?

—Al menos hasta entonces. Aquel día había estado escribiendo un poema. Era muy malo.

—¿La mujer de la limpieza estaba en su casa?

—Iba todos los lunes. Ben dijo que era capaz de pasar el resto de la semana desordenando el apartamento.

«Quiero entrar en su apartamento —pensó Regan—. Si siguió escribiendo el diario hasta el día de su muerte...»

—Voy a poner en alerta a otros joyeros acerca de esos diamantes —dijo Edward—. Son de una calidad excelente, y será fácil reconocerlos, aunque apuesto a que se los han llevado al extranjero para venderlos.

—Gracias —dijo Regan. Pensó: «Al infierno», y apuró el vaso. Cuando se levantó, le escocía la boca del sabor a menta de la ginebra.

—Manténgame informado. —Edward anotó el número de su teléfono particular en una tarjeta—. Vivo en Coney Island. Estaré en casa todo el fin de semana. Tendré que decir a mi mujer que no iremos a la fiesta.

—Creo que la fiesta no va a ser muy divertida —contestó Regan.

Edward se levantó y caminó hacia ella.

—Regan, ¿sabe lo único bueno de todo este asunto? Nat y Ben se habrían sentido perdidos el uno sin el otro. Ninguno quería ser el último en morir. ¿Imagina la que se habrá armado cuando se encontraron en el cielo?

Regan sonrió.

—Una idea reconfortante.

—Apuesto a que están enzarzados en alguna partida. Tal vez cuando muera me dejen jugar al fin.

—Estoy segura de que será así.

—No lo olvide, si encuentra esos diamantes, le haré un trato insuperable. El cheque ya está extendido. Y certificado.

—No lo olvidaré —dijo Regan. «Ojalá tenga la suerte de encontrarlos», pensó, mientras salía por la puerta.

34

Cuando no estaban viajando, o preparándose para salir a cenar, Archibald y Vernella Enders tomaban siempre un combinado en la sala de estar a las seis de la tarde. Se sentaban en dos butacas junto a la ventana salediza, que daba a Gramercy Park. En verano, criticaban a todo el mundo que pasaba. A medida que los días se hacían más cortos, les costaba identificar a la gente, de modo que debían pensar en otro tipo de diversiones. Estaban contentos de que hubiera llegado marzo, porque gracias al equinoccio, la gente era otra vez identificable a la luz del crepúsculo.

—Hoy he hecho algunas llamadas —confió Archibald a la que era su mujer desde hacía cincuenta y siete años.

Vernella sorbió su bebida. Hacía mucho tiempo que había adoptado el semblante de alguien víctima de un caso terminal de exceso de acidez estomacal. Arrugas dignas de Mount Rushmore, donde están talladas las efigies de cuatro presidentes, estaban esculpidas de manera permanente en su cara.

—¿Y?

—Parece que la situación del Settler's Club es más grave de lo que suponíamos.

—Qué maravilla —replicó Vernella, en un tono casi gutural—. Ese club me ha puesto de los nervios desde los sesenta, cuando dejaron entrar a todos aquellos hippies que correteaban por el parque con sus camisas de flores. ¿Qué ha sido de la buena educación, del buen gusto? ¡«Pioneros», qué disparate! Hace treinta años que el Settler's Club se embarcó en una cruzada destinada a desacreditar Gramercy Park.

—No tortures a tu cabecita, querida mía —aconsejó Archibald—. Me dijeron en el banco que la fiesta de aniversario es un lamentable intento de reclutar nuevos miembros, pero su situación es desesperada, y dentro de poco podré comprar el edificio.

—¿Comprar el edificio?

—Sí. El primo Thorn necesita una casa en Nueva York para su escuela de mayordomos. Sería el lugar perfecto. Entonces, nosotros, junto con el querido primo, colaboraremos para que Nueva York recupere la clase que tenía. Gracias a la escuela de Thorn, habrá disponibles de nuevo buenos mayordomos. Por desgracia, la profesión ha sufrido un fatal declive. Hay que cambiar eso.

—Nosotros también necesitamos un mayordomo.

—Es muy difícil conservarlos. Siempre se van. Pero tendremos prioridad con los graduados de Thorn, y elegiremos al mejor, por supuesto. Como ya sabes, Thorn llega esta noche.

—El cuarto de los invitados está preparado.

—Mañana por la noche cenaremos aquí con Thorn y brindaremos, no sólo por la destrucción del Settler's Club cuando su fiesta fracase miserablemente, sino por la desaparición de la escuela de mayordomos de Maldwin Feckles, que es una desgracia para todos los mayordomos dignos.

Vernella lanzó una risita, cosa que hacía muy raras veces.

—Ojalá hubiera más horas de luz —dijo—. Podríamos haber utilizado los prismáticos.

—Eres un demonio —dijo Archibald, al tiempo que aferraba la huesuda mano de su esposa—. Eres un demonio, del que me enamoré.

—Oh, Archie —dijo Vernella con aire coqueto—. No soy un demonio. Cada día rezo.

—¿Y para qué?

—Para que la fiesta de mañana ahí delante —señaló con desagrado el Settler's Club— sea un completo y absoluto desastre.

Archibald aplaudió.

—Nos vamos a divertir mucho.

35

Cuando Clara llegó a casa después de terminar el trabajo en el Settler's Club, estaba tan contenta que apenas podía creerlo. «Voy a quitarme este uniforme y me pondré la bata —pensó, mientras abría la puerta de su apartamento en Queens. Había sido un día muy duro—. Yo intentando ayudar, y Thomas se pone como un basilisco cuando le enseño la caja roja.» Se encogió de hombros mientras se quitaba el abrigo.

«Tal vez tome un baño —pensó, pero luego recordó el destino de Nat—. No creo que sea una buena idea», decidió, al tiempo que entraba en el cuarto de baño, se desnudaba y se ponía la bata forrada de lanilla que su hermana le había regalado por Navidad.

—Esto está mejor —dijo en voz alta. Abrió un cajón y sacó un par de calcetines de lana—. Ahora sí que estaré cómoda y abrigada.

Calentó un poco de chow mein en la cocina y se sirvió una copa de vino. Llevó una bandeja a la sala de estar, se sentó en su butaca favorita y encendió la televisión con el mando a distancia.

—Gracias a Dios que ha llegado el fin de semana —dijo al hombre del tiempo, que estaba informando sobre posibles chubascos de nieve durante los dos días siguientes—. Me da igual qué tiempo haga, porque me voy a dedicar a vegetar.

Devoró el chow mein y bebió el vino.

Sonó el teléfono. Era su hermana Hilda, que vivía en el Bronx. Hablaban todas las noches.

—¿Qué hay de nuevo? —preguntó Clara.

—Poca cosa. ¿Y tú?

—El club anda un poco revuelto. Anoche encontraron muerto a un miembro en la bañera.

—Oh, Dios.

—Y han desaparecido unas joyas, pero encontré la caja roja en que habían estado guardadas.

—Caramba. Será mejor que tengas los ojos bien abiertos.

—Mi programa favorito va a empezar.

—¿El de los asesinatos misteriosos?

Clara sonrió.

—Ese mismo. Mañana hablaremos.

—Hasta mañana.

Clara colgó y aumentó el volumen con el mando a distancia. Como de costumbre, miró el programa con interés, y se sirvió otra copa de vino durante los anuncios. Al final del programa, cuando invitaban a los espectadores a llamar para informar sobre algún crimen misterioso, Clara se precipitó hacia el teléfono.

—1-800... —dijo en voz alta mientras marcaba. Cuando la pusieron en comunicación, anunció—: Me llamo Clara, y trabajo como camarera en el Settler's Club de Gramercy Park, Nueva York. Hoy he encontrado una caja roja de la que han desaparecido diamantes valorados en cuatro millones de dólares. El dueño de los diamantes resbaló en la bañera anoche y murió.

—Espera un momento, Clara, vamos a emitir. ¿Puedes repetirlo?

—¡Claro!

Un momento después, Clara dijo, lenta y deliberadamente:

—Me llamo Clara, y trabajo como camarera en el Settler's Club...

Sus palabras fueron retransmitidas a miles de hogares de la zona de Nueva York.

36

Cuando Regan regresó al club, eran casi las seis y media. La fiesta de Lydia empezaba a las ocho, pero Regan quería hacer unas cuantas cosas antes. Encontró a Thomas en su despacho, muy pálido.

—¿Qué pasa? —preguntó.

—No he podido ponerme en contacto con Janey desde que se marchó esta mañana. Eso no es normal en ella.

—¿Has intentado llamarla?

—¡Pues claro que sí!

Regan sintió pena por él. Ya estaba preocupado antes, pero su expresión traicionaba una aflicción total.

—¿Tienes la llave de su apartamento? —preguntó Regan con calma.

—Sí.

—¿Quieres que vayamos allí?

—Sí —fue lo único que dijo Thomas. Se levantó con gran dignidad y cogió su abrigo—. Si está bien, podré ocuparme de todo, Regan. Cuando te preocupa perder a alguien a quien amas, todo lo demás se te antoja trivial.

Cuando salieron del club, no se fijaron en que Mary Ruffner bajaba de un taxi.

—¿Qué ha dicho el joyero, Regan? —preguntó Thomas, casi distraído.

—Dijo que tasó las joyas. Que había extendido el talón para exhibirlo en la fiesta y...

—¿Crees que la desaparición de Janey está relacionada con todo esto?

—No pienses así, Thomas —le reprendió Regan—. Dentro de unos minutos estaremos en su apartamento.

«He de actuar ahora», pensó Mary Ruffner.

—¡Regan Reilly! —gritó.

Regan se volvió.

—¿Sí?

Mary extendió la mano.

—Me llamo Mary Ruffner. Acabo de tomar una copa con sus padres en la convención que han montado. La he reconocido por la foto del periódico de hoy.

—Ah, sí —dijo Regan, y le estrechó la mano con prisas—. Mary, le presento a mi amigo Thomas Pilsner.

—Hola —dijo Thomas.

Regan se dio cuenta de que estaba frenético por marcharse. Y ella también.

—Tenemos prisa...

—No quiero molestarlos. De hecho, soy periodista del *New York World*, y quería escribir un artículo sobre el centenario del Settler's Club. —Miró a Thomas—. ¿No es usted el presidente?

—Sí —contestó Thomas con cautela—. ¿Puedo llamarla más tarde, o mañana?

—Mejor más tarde —replicó Mary, algo tirante. Le dio su tarjeta—. Lo más fácil es localizarme en el móvil. Tengo muchas ganas de hablar con usted. —Se volvió hacia Regan—. ¿Asistirá a alguna conferencia de la convención?

—Voy a intentarlo —dijo con toda sinceridad Regan.

—Estupendo. Espero verlos a los dos muy pronto.

Regan y Thomas se despidieron y recorrieron un par de manzanas hacia el sur, en dirección al apartamento de Janey.

Vivía en el cuarto piso de un edificio sin ascensor. Llamaron al timbre del 4A. No hubo respuesta. Thomas respiró hondo, abrió la puerta con su llave y subió corriendo las escaleras de dos en dos. Regan le seguía.

Thomas rezó en silencio cuando llegó ante la puerta de Janey y la abrió. La sala de estar estaba justo enfrente. A la izquierda estaba el dormitorio y la cocina. No había ni rastro de Janey.

—Podría decirse que me siento un poco más tranquilo, Regan —comentó Thomas—, pero ¿dónde puede estar?

Regan paseó la vista alrededor de la pequeña sala de estar. El apartamento estaba limpio y ordenado. Los muebles eran sencillos, pero elegidos con gusto. Regan vio algunas fotos enmarcadas de Janey y Thomas. La mesa del comedor estaba cubierta de fichas. Regan echó un vistazo.

—Guardaba un registro meticuloso de lo que cocinaba para sus clientes —explicó Thomas.

Regan levantó un trozo de papel que había quedado sobre la mesa. Era una lista de «Entregas efectuadas el martes 11 de marzo». Una expresión de sorpresa apareció en el rostro de Regan.

—¿Cocinaba para Ben Carney?

—A él le encantaba su forma de preparar el pollo —dijo con tristeza Thomas—. Comía con voracidad. Ella me decía esta mañana cuánto lamentaba que Ben no llegara a comer el pollo que le preparó ayer.

Thomas siguió a Regan hasta la cocina. Sobre el antepecho de la ventana había un pastel de manzana. Docenas de galletas de chocolate estaban alineadas sobre servilletas de papel. Varias tartas esperaban sobre la encimera a ser congeladas.

—No habría dejado todo esto durante horas sin taparlo —dijo Thomas—. Si odiaba algo, era la comida rancia.

El contestador automático estaba sobre la encimera, encajado en una esquina. La luz parpadeaba.

—¿Quieres escuchar sus mensajes? —preguntó Regan.

Thomas asintió.

—No tenemos nada que ocultarnos.

Todos los mensajes eran de Thomas, excepto uno.

—Janey, soy la señora Buckland. Son las seis. ¿Dónde está la cena? ¡Mis invitados llegan dentro de una hora! ¿Cómo vamos a celebrar una cena sin nada para cenar? ¡Llámame! ¡Estoy muy disgustada!

—Busquemos su número —dijo al instante Regan.

Thomas localizó la ficha. Regan marcó el número y se identificó a una airada señora Buckland.

—No sabemos dónde está —dijo Regan—. Y estamos muy preocupados.

—¿Ustedes están preocupados? ¿Sabe lo que es invitar a gente y tener tan sólo una bolsa de patatas fritas para ofrecer?

Regan intentó disimular su irritación.

—¿Cuándo habló con Janey, señora Buckland?

—A eso de la una. La llamé y le dije que era una emergencia. Al principio, no estaba muy convencida de prepararme la cena de esta noche, pero luego le recordé a toda la gente que le había presentado. Aceptó.

—¿Qué iba a prepararle?

—Pollo asado. Debo reconocer que lo hace muy bien. El pavo le queda un poco seco, pero el pollo asado es fabuloso. Al día siguiente aún sabe mejor.

—Señora Buckland, estoy segura de que usted también espera, como nosotros, que Janey esté bien. Entretanto, ¿por qué no lleva a sus invitados a un restaurante?

—¿Sabe lo caro que sale?

—Estoy segura de que encontrará un sitio razonable.

—Supongo que estaría muy bien no tener que quitar la mesa después de la cena —dijo la señora Buckland, con voz más suave—. Espero que Janey esté bien.

—Gracias —dijo Regan—. La informaremos. —Colgó el teléfono—. Janey debía entregarle un pollo asado esta tarde.

Se miraron. Sabían que ambos estaban pensando lo mismo.

—Mi Janey no se habría llevado el pollo de Ben —dijo Thomas.

—La señora Buckland dice que sabe mejor al día siguiente.

—Oh, Dios, ¿por qué?

—Vamos a llamar a su casa.

Thomas encontró la ficha de CARNEY, y Regan marcó el número. No hubo respuesta.

—¿Y si fue allí..., y no sé qué? —gimió Thomas.

—La policía tiene las llaves del apartamento de Ben —dijo Regan.

—No nos queda otra alternativa que llamarlos —susurró Thomas—. No hay otra opción.

Salieron cinco minutos después, con la intención de encontrarse con un agente de la comisaría del distrito 13 en el edificio de Ben. Ignoraban que Mary Ruffner seguía sus pasos.

37

Maldwin y sus alumnos estaban preparados para la fiesta de la noche. Todos iban vestidos de gala, dispuestos para la ocasión. Los canapés esperaban el momento de ser introducidos en el horno. Sobre las mesas habían dispuesto queso, galletitas saladas y crudités. El champagne se estaba enfriando en la nevera.

—La Princesa del Amor ha puesto mucho interés en esta fiesta, ¿eh, Maldwin? —preguntó Vinnie mientras se peinaba.

—¡Nunca te peines en la cocina, por favor! —la reprendió Maldwin—. Bien, mientras esperamos a que lleguen los invitados, me gustaría repasar unas cosas con vosotros. Es absurdo perder el tiempo. Vamos a la sala de estar.

Vinnie, Albert, Blaise y Harriet se sentaron en los confidentes. Maldwin se quedó de pie ante la ventana y examinó al grupo. No era una visión inspiradora. Carraspeó.

—Bien, ¿qué es un mayordomo silencioso?

—Un mayordomo con laringitis —contestó Vinnie.

—¡Vinnie! —tronó Maldwin.

—Un mayordomo silencioso —empezó Harriet— es un pequeño receptáculo utilizado para recoger migas de la mesa y ceniza de los ceniceros. Se encuentra en todas las casas con clase.

—Gracias, Harriet —dijo Maldwin.

Harriet sonrió.

—Todos tendréis que estudiar las hojas que os he pasado. Voy a empezar a organizar concursos. Pero pasemos a otro tema. Como ya sabéis, Stanley Stock, el productor de televisión, vendrá esta noche. Voy a sugerirle que os interrogue a cada uno sobre vuestro sueño de convertiros en mayordomos de primera. ¿Quién sabe? Puede que vuestros futuros amos estén mirando.

—¡Qué emocionante! —gritó Harriet—. ¿Puedo ser la primera?

Creo que voy a vomitar, pensó Blaise. Y no quiero que me entrevisten con una cámara. Anoche hice lo posible por pasar inadvertido.

Se oyó la voz de Lydia por el intercomunicador.

—Maldwin, te necesito un momento.

Maldwin consultó su reloj.

—Podéis relajaros hasta que empiece la fiesta. ¡Y recordad que es importante!

Salió de la sala con paso decidido.

Albert se volvió hacia Vinnie.

—¿Qué vas a decir?

—No tengo ni idea.

38

Un coche patrulla estaba esperando ante el edificio de Ben, con las luces destellando. Cuando Regan y Thomas doblaron la esquina, Thomas fue consciente de la cruda realidad de la situación. Un leve gemido escapó de sus labios.

Regan corrió hacia el coche y se presentó. La radio emitía graznidos. No cabía duda de que la presencia del coche patrulla atraía la atención.

El agente Dowling, un oficial joven y cordial, saludó a Regan y a Thomas, y los acompañó hasta la puerta de la calle. Llamaron al timbre, pero nadie contestó. Dowling abrió la puerta, y los tres subieron corriendo la escalera hasta el apartamento de Ben.

En cuanto Dowling abrió la puerta de un empujón y encendió las luces, todos lanzaron una exclamación ahogada. Habían saqueado el apartamento. Los cajones de la sala de estar estaban abiertos, y su contenido esparcido sobre el suelo.

—¡Oh, Dios mío! —exclamó Thomas.

—Parece un típico caso de robo con escalo —dijo Dowling. Conectó la radio y llamó.

Regan y Thomas recorrieron el pasillo sin dar crédito a sus ojos, y fueron encendiendo las luces a medida que avanzaban. El dormitorio y el estudio también estaban completamente revueltos.

—La cocina estará en el otro extremo —dijo Regan, al tiempo que cruzaba el comedor en dirección a la puerta batiente de la cocina. Encendió la luz.

—¡El abrigo de Janey! —gritó Thomas—. ¡Y la bolsa de la comida! —Acarició el abrigo con afecto—. Oh, Janey —exclamó—. ¡Janey!

—¡Aquí!

Dio la impresión de que Thomas hubiera visto un fantasma, o al menos lo hubiera oído. Regan también se había sobresaltado.

—¡Janey! ¿Dónde estás?

—¡En la alacena!

El agente Dowling también había llegado a la cocina. Thomas tiró de la puerta de la alacena, pero estaba cerrada con llave.

—Tendremos que pedir equipo especial para tirar la puerta. Es muy pesada —dijo Dowling.

—Te sacaremos, Janey. En cualquier caso, ¿qué haces ahí? —preguntó Thomas.

Janey se puso a llorar.

—Es una larga historia.

—¿Tiene algo que ver con el pollo asado?

—Sí —contestó la muchacha con voz débil.

Thomas se volvió hacia Regan y dijo en voz baja:

—Detesta que la comida se eche a perder.

39

—¡Corten! —gritó Jacques Harlow al final de la última escena, cuando Pumpkin y su galán, Lothar, sacaban las ovejas de
la sala—. Vamos a rodar los siguientes exteriores.

—¿Los siguientes exteriores? —preguntó Daphne, perpleja—. Pensaba que ya habíamos acabado.

—No. Iremos a mi *loft*. Allí rodaremos la escena definitiva, cuando Pumpkin y Lothar deciden viajar a Australia
y comprar una granja de ovejas.

—¡Una idea brillante! —gritó Pumpkin desde la
puerta.

—No, Pumpkin, tú eres brillante. Una actriz brillante.
Tu asombrosa actuación va a cautivar a los críticos —procla-
mó Jacques, mientras agitaba su boquilla—. Cuando te abra-
zaste a la oveja, me quedé de una pieza.

—¡Gracias a tu inspirada dirección! —dijo Pumpkin,
mientras corría hacia Jacques para darle un abrazo post actuación—. Fue gracias a la confianza que depositas en mí.

—Bien, gracias a tu inspiración se me ocurrió la manera
perfecta de terminar el guión. Vamos a cargar el camión, y no
te olvides de las ovejas.

Daphne estaba sentada, escuchando a los dos farsantes
más grandes del negocio del espectáculo, y cada palabra conseguía irritarla más. Pero cuando oyó que iban a llevarse las
ovejas de Nat y Wendy, se puso en pie de un brinco.

—No pueden llevarse esas ovejas. Pertenecían a una pareja, ya fallecida, que eran miembros del club y querían que se quedaran en la sala de recibo.

—Las devolveremos —dijo Jacques.

—No me parece correcto. El presidente de nuestro club no se encuentra aquí en este momento, así que no podemos pedirle permiso.

Jacques se acercó a Daphne, cogió su mano y la besó.

—Estoy seguro de que podremos darle un papel de verdad en esta última escena. Si quisiera...

—¿Qué papel? —preguntó Daphne, vacilante.

—La hermosa y acaudalada propietaria de la granja de ovejas, que acaba de mudarse a Nueva York.

—Vamos a ello —accedió a toda prisa Daphne.

Jacques agarró su bastón, que sujetaba su omnipresente ayudante, lo alzó en el aire y gritó:

—¡En marcha!

—Échese hacia atrás —dijo el agente de la Unidad de Servicios de Emergencia—. Tengo el aparato apropiado para derribar la puerta.

—¿Qué aparato? —gritó Janey.

—Un hacha.

—¿Un hacha? —repitió Janey.

—Un hacha —confirmó el hombre—. Es preciosa.

—Vaya con cuidado —suplicó Janey, y luego añadió—: por favor.

—Lo intentaré. ¿La alacena es espaciosa?

—No mucho.

Thomas gimoteó. Regan y él se hallaban al otro extremo de la cocina. El apartamento estaba lleno de detectives, patrulleros y personal del servicio de emergencias.

—Vamos allá.

El agente alzó el hacha y la descargó sobre la puerta. El extremo metálico golpeó la pesada madera con un sonido similar al de ramas ardiendo en una chimenea.

A tomar viento el seguro del hogar de Ben, pensó Regan.

Al cabo de varios minutos, empezaron a desprenderse fragmentos de la puerta. Unos minutos más, y Janey se precipitó en los brazos ansiosos de Thomas.

Murmullos de alivio y «buen trabajo» se oyeron en la cocina. Un agente entró en la sala de estar para dar la buena noticia a las personas congregadas en el vestíbulo, incluidas una pareja de vecinos y el administrador del edificio.

Regan retrocedió, mientras Janey y Thomas se fundían en un abrazo apasionado. No parece tan tímida como esta mañana, pensó Regan. Bien, las personas sosegadas son las que siempre te dan la sorpresa.

—Señorita —dijo un detective a Janey, cuando Thomas y ella se desengancharon por fin—, he de hablar con usted.

—¿Puedo ir antes al cuarto de baño?

—Por supuesto.

Mientras Janey se alejaba por el vestíbulo con su bolso, Regan decidió echar un vistazo rápido al dormitorio. No había tenido aún la oportunidad de buscar el diario de Ben, una vez que se enteró de que Janey estaba encerrada en la alacena.

El dormitorio estaba hecho un desastre. Habían arrojado al suelo el contenido de la mesita de noche de Ben. Habían entrado a saco en su ropero. Vio diseminadas por todas partes fotografías, papeles y prendas de vestir. Regan recogió algunos papeles, dos pares de pantalones, y entonces vio la libreta de espirales debajo de la cama.

Regan la cogió y abrió. ¡Era el diario de Ben! La primera página llevaba la fecha del 1 de enero de este año. Pasó las páginas a toda prisa. La última anotación era del miércoles 10 de marzo. Dos días antes. Increíble.

Era una anotación muy breve.

Bueno, mañana es nuestro gran día porque daremos la noticia a Thomas en el club. Es muy emocionante. La gran fiesta es el sábado. Le dije a Nat que quería invitar a mi novia. Él me dijo que iba a romper con la suya. Dijo que le daba vergüenza lle-

varla a la fiesta por la diferencia de edad. ¡Yo le dije
que lo olvidara!

Regan pasó las páginas hacia atrás. Había más anotaciones
breves que no revelaban gran cosa. La del 28 de febrero era
más larga.

Hoy Nat y yo hemos ido a jugar a los bolos. Nos
pusimos a hablar sobre el día de Sadie Hawkins. Yo
le dije que era una lástima que este año cayera en
29 de febrero. Tal vez alguna chica guapa me pedi-
ría salir con ella. Él se puso a reír, y adiviné que algo
estaba pasando. Por fin admite que está saliendo
con alguien. ¡Astuto demonio! Dice que le gusta,
pero sólo hay un problema. Cuando ella se acerca,
su perfume es demasiado fuerte. Le dije que le
comprara otro diferente. También le dije que quizá
yo encontraría a alguien para poder ir juntos a la
fiesta de aniversario del club. Entonces dijo que se
sentía culpable. Le pregunté que por qué. ¿Por
Wendy? Ella habría querido que fueras feliz. Meneó la cabeza y dijo que no quería hablar de eso, así
que lo dejé correr. Pero insisto en que lo pasaríamos
bien con una cita doble.

Regan pasó las páginas restantes. No constaba el nombre de la
novia. Ni la menor referencia a ella. Oh, Ben, ¿por qué no le
preguntaste el nombre a Nat?

Regan dejó caer la libreta sobre la cama, frustrada, y entró en la sala de estar. Thomas estaba sentado con un brazo
protector alrededor de Janey, mientras ella contestaba a las
preguntas del detective.

—Su perfume era bastante fuerte —observó Janey.

Regan contuvo la respiración. ¿Perfume? Entonces oyó una voz en la puerta y se volvió al instante. Mary Ruffner estaba tomando notas, mientras hablaba con el agente Dowling.

—... así que la chica vino aquí para llevarse la comida que había entregado ayer...

No quiero ni imaginar los titulares de mañana, pensó Regan.

41

Cuando Thorn acabó de hacer las maletas, se dio cuenta de que no lograría llegar a tiempo de tomar el vuelo del viernes por la noche a Nueva York. Optó por ir a cenar a Londres en uno de sus restaurantes favoritos, pasar la noche en un hotel y dirigirse al aeropuerto por la mañana. Una forma de partir mucho más civilizada.

Uno de los problemas de vivir tan lejos era que debía planear por anticipado sus movimientos. Pero Thorn no cambiaría esta situación por nada en el mundo. Su escuela de mayordomos se encontraba en una propiedad magnífica, el marco perfecto para dicha actividad.

Horas antes de amanecer, Thorn estaba despierto en su cama del hotel Andrews. Estaba inquieto, daba vueltas y más vueltas, hasta que las sábanas quedaron convertidas en una masa retorcida. Tomaría un avión a primera hora de la mañana, y la noticia de que el primo Archibald quería comprar el Settler's Club era demasiado deliciosa para ser cierta. Thorn esperaba destruir la carrera de Maldwin, pero instalar su escuela de mayordomos en el mismísimo edificio donde Maldwin había fracasado sobrepasaba sus sueños más delirantes.

De repente, Thorn se irguió en la cama. Había tenido una idea brillante. Se pondría en contacto con su enlace de Nueva York por la mañana. Encendió la luz, y cogió el bloc de notas y el bolígrafo del hotel que había junto al teléfono. Garrapateó algunas ideas y volvió a dejar el bloc en el cajón de la mesita de noche.

Apagó la luz y exhaló un suspiro de felicidad. Al cabo de pocos minutos, estaba profundamente dormido.

42

El teléfono sonaba sin cesar en el club. Los miembros que habían oído las declaraciones de Clara, o habían sido informados al respecto, llamaban para protestar. A la derecha de la puerta principal estaba la sala de correo, la zona de recepción y el epicentro general de las actividades del club. La persona que trabajaba allí contestaba al teléfono, recibía a los invitados y veía un poco la televisión. Will Callan, un empleado veterano que no albergaba el menor interés por jubilarse, estaba de guardia cuando Regan, Thomas y Janey regresaron al club desde el apartamento de Ben.

—Esta noche ha habido mucho jaleo, jefe —comentó Will, mientras entregaba a Thomas un montón de mensajes.

—Cuéntame —contestó Thomas.

—Clara nos la ha jugado.

—¿Qué quieres decir?

—No daba crédito a mis oídos. Estoy aquí trabajando, y de pronto oigo la voz de Clara. Me vuelvo y miro la televisión. Era uno de esos programas de sucesos, y Clara estaba contando lo que pasó aquí anoche. Me dije, «oh, Señor». Al cabo de nada, los teléfonos ya estaban sonando.

Thomas respiró hondo y se volvió hacia Regan y Janey.

—¡Esa mujer descerebrada! Creo que no podré aguantar mucho más. Me encantaría saber qué predecía para hoy mi horóscopo.

Janey le palmeó la mano con dulzura.

—En parte es culpa mía.

«Tienes toda la razón», pensó Regan.

—Escucha —dijo—, quiero subir ahora mismo al apartamento de Lydia y tantear el terreno, como suele decirse. —Consultó su reloj—. Ya son las nueve, lo cual significa que la fiesta empezó hace una hora.

Thomas cogió los mensajes.

—Voy a hablar por teléfono con Clara, y después con todas las personas a las que deba devolver su llamada. Más tarde, Janey y yo cenaremos en el comedor. ¿Por qué no vienes a tomar una copa con nosotros cuando la fiesta haya terminado?

—Después de estar encerrada en aquella alacena durante todo el día, casi tengo ganas de ir a bailar —dijo Janey.

Thomas compuso una expresión apenada.

—Mañana por la noche bailaremos en la fiesta. Mientras Roma arde —añadió.

Will estaba escuchando la conversación desde su puesto de trabajo.

—Al menos, la productora cinematográfica se largó. Vaya rollo de gente. Hasta se llevaron las ovejas de Nat. Intenté impedírselo, pero Daphne dijo que no había problema y que las devolverían después de acabar la película.

—¡Se han llevado las ovejas! —gimió Thomas—. Quiero que estén aquí mañana por la noche. Tendré que hablar con Daphne.

Will asintió y parpadeó un par de veces.

—¿Podrías localizarla por teléfono? —preguntó Thomas.

—Se marchó con ellos —dijo Will.

—Haz el favor de decirle que venga a verme en cuanto regrese.

Will levantó ambos pulgares.

—Bien, Thomas —dijo Regan—, he de darme prisa. Hasta luego.

Ya en el apartamento de Nat, Regan se quitó a toda prisa los pantalones y el jersey que había llevado todo el día. Por algún motivo, adivinaba que los invitados de Lydia no irían de punta en blanco. Se refrescó en el cuarto de baño de los invitados, volvió a aplicarse maquillaje, y después se puso una falda negra y una chaqueta de cuero negra que sacó de su bolso. Al cabo de dos minutos, estuvo preparada.

—Vamos allá ——dijo, mientras salía del apartamento de Nat, cerraba con llave la puerta y cruzaba el vestíbulo.

Uno de los estudiantes de mayordomo contestó al timbre. Hizo una breve reverencia cuando Regan entró.

Lydia fue corriendo a recibirla. Se había puesto un traje de seda rosa, amplio y escotado. Parecía a juego con la sala. Cuando dio a Regan un beso superficial, una vaharada de perfume envolvió a Regan.

Fantástico, pensó. Ahora, cualquiera que lleve perfume constará en mi lista de sospechosos.

—¿Cómo estás? —preguntó a Lydia.

—No te creerías lo ocupada que he estado hoy —dijo Lydia, y luego se puso a reír como si fuera lo más divertido del mundo.

Regan sonrió.

—Yo también he estado ocupada.

—Bien, entra. Te presentaré a los demás.

Había unas quince personas en la sala, muchas de las cuales habían salido en el vídeo de Stanley. Ante la sorpresa de Regan, Lydia empezó a dar golpecitos con una cucharita en una copa para atraer la atención de todo el mundo. Cuando las conversaciones enmudecieron, empezó a hablar.

—Ah, sí, hola de nuevo a todos. Estoy muy contenta de teneros aquí esta noche. Anoche nos chafaron la diversión debido a la muerte de mi querido vecino. Pero también hemos averiguado que unos diamantes han desaparecido de su apartamento. Por lo tanto, no sólo estamos aquí para poder conocernos mejor, sino para ayudar a mi amiga detective —Lydia señaló a Regan como si estuviera anunciando la ganadora de un concurso de belleza—, ¡Regan Reilly!

Todos los ojos se volvieron hacia Regan. Lydia aplaudió.

«Todo un modelo de sutileza», pensó Regan.

—Gracias, Lydia, y gracias a todos ustedes por su atención. Necesito su ayuda. A veces, observamos algo, pero no queda registrado en nuestra mente hasta que nos concentramos en ello. Por eso me gustaría preguntar a cada uno de ustedes lo que recuerdan de anoche. Tal vez vieron algo en el pasillo o en el vestíbulo principal cuando entraron. Podría ser cualquier cosa. Sé que lo pasaron bien aquí casi toda la noche, pero piensen en cuando entraron y salieron del edificio. Gracias.

En cuanto Regan dejó de hablar, la gente se miró entre sí y empezó a murmurar.

—Que siga la fiesta —gritó Lydia, mientras conectaba el reproductor de compactos.

Un tipo con un bisoñé horroroso corrió hacia Regan, y derramó algo de líquido por los bordes de su vaso.

—Usted habrá visto algo. Sentémonos aquí —dijo Regan, al tiempo que indicaba un confidente.

El hombre se sentó a su lado y la miró a los ojos.

—Por lo general, me van las rubias, pero creo que podrías llegar a gustarme.

Tomó un veloz sorbo de su bebida.

«Esto es peor que una pesadilla», pensó Regan.

—Resulta que estoy saliendo con alguien.

—¿Va en serio? —preguntó el hombre, con los ojos abiertos como platos.

—Bastante en serio —dijo Regan—. Además, vivo en California.

El hombre tocó su mano.

—A veces voy por allí de negocios.

Regan negó con la cabeza.

—Lo siento. Es cierto que salgo con alguien. Ahora, dígame qué vio anoche.

—Nada.

El hombre se levantó y caminó en dirección al buffet.

«Jack debería ver a la competencia», pensó Regan, mientras localizaba a la mujer del bolso de Snoopy. Regan captó su atención, y la mujer se acercó con parsimonia.

—Siéntese, por favor —dijo Regan—. Un bolso muy interesante.

La mujer era de una edad comprendida entre los cuarenta y la muerte. Regan tuvo la extraña sensación de que hasta se parecía a Snoopy.

—Me sirve de tema de conversación —dijo la mujer.

Regan se inclinó y tocó el morro de Snoopy. Distinguió una cremallera escondida debajo, antes de que la mujer lo apartara.

—No toque a Snoopy, por favor —dijo—. No quiero que se contagie con sus microbios.

«Oh, Señor», pensó Regan.

—Y anoche no vi gran cosa, pero me entristece mucho la muerte de Nat. Era un hombre simpático.

—¿Le conocía? —preguntó Regan.

—Vino a la fiesta de San Valentín. Se sentó conmigo un rato y dijo que le gustaba mi bolso. Después, me dijo que le gustaban las ovejas. Dijo que tenía un par de ovejas de tamaño natural que quería enseñarme. Hablamos de ellas un rato. Después, fui al cuarto de baño, y cuando salí, se había marchado. —Su voz tembló cuando pronunció las últimas palabras—. Supongo que no le caí bien.

—Quizás estaba cansado —sugirió Regan.

—La gente empezaba a marcharse. Tal vez pasé demasiado rato en el baño.

—¿Le volvió a ver en alguna fiesta de Lydia?

—Pillé la gripe —dijo la mujer, y miró a Snoopy—. Tú también, ¿verdad? —Se volvió hacia Regan—. Anoche fue la primera fiesta después de mi convalescencia.

Menuda testigo, pensó Regan. No le costó nada imaginarla en el estrado consultando con Snoopy.

—¿Toda esta gente estaba en la fiesta de San Valentín?

La mamá de Snoopy miró a su alrededor.

—Bastantes.

—Un grupo agradable, ¿verdad? —insistió Regan.

—Buena gente, pero un par de estas mujeres se ponen demasiado perfume. ¿Cómo piensan que van a conquistar a un tipo si no los dejan respirar?

—¿Quiénes llevan el perfume fuerte? —preguntó Regan.

La mujer señaló hacia la puerta.

—Una de ellas se marcha en este momento.

43

Jack Reilly despertó y consultó su reloj. Aterrizarían en Londres dentro de un par de horas. Casi todas las luces estaban apagadas en la sección de pasajeros del avión. A su alrededor, las cabezas de los pasajeros dormidos colgaban en diferentes posiciones.

«Me pregunto cómo estará Regan —pensó—. Si no es demasiado tarde en Nueva York cuando aterricemos, la llamaré. —Por algún motivo, no le gustaba que se alojara en el apartamento del Settler's Club—. Y yo le facilité la tarea, pensó.»

Suspiró y cogió el maletín de debajo del asiento. Sacó el material referente al caso en que había estado trabajando con Scotland Yard. Un sospechoso de asesinato había sido detenido en Londres. Los inspectores ingleses lo habían retenido y habían registrado su piso. Habían encontrado planos del metro y fotos de Nueva York, junto con varios números de teléfono. El compañero de Jack era el superintendente de detectives de Scotland Yard.

—Necesitamos que vengas y eches un vistazo a este material, a ver si te sugiere algo —había dicho por teléfono Ian Welch.

Jack estaba contento de ayudar a Welch, pero lamentaba la coincidencia de situaciones. Bueno, pensó. El domingo volveré.

Pero por más que se esforzaba, no conseguía dominar la acuciante sensación de que Regan no debería estar sola en aquel apartamento.

44

—¡Lo siento! —gritó Clara por teléfono—. Le compensaré.

—¿Cómo? —replicó con brusquedad Thomas—. ¿No sabes que cuando una persona o institución pierde su buena reputación, le cuesta mucho volver a conquistarla?

—¡Mi tía recuperó su reputación! —dijo Clara en tono triunfal.

—¿De qué estás hablando?

Clara se arrellanó en su silla.

—Hace mucho tiempo, cuando trabajaba de criada en una casa, desaparecieron unas joyas. La pobre anciana que había perdido las joyas insistió en que mi tía Gladys las había robado. La despidieron. Bien, unos meses después encontraron las joyas en la casa. Resulta que la señora era un poco distraída y olvidaba dónde escondía las cosas.

—No es lo mismo —insistió Thomas.

—Pero fue terrible. La tía Gladys perdió mucho peso durante aquellos meses. Sólo cuando recuperó su reputación volvió a comer como si el mundo se fuera a acabar de un momento a otro.

—Clara, no te llamo para que me hables de tu tía Gladys. Llamo para pedirte que no hables con nadie de lo que pasa en el club. Podrías ser presa de los periodistas. No digas ni una palabra más, por favor. ¿Lo entiendes?

—Sí, Thomas. Lo siento mucho, pero le compensaré.

—¿Cómo?

—Sé que mañana celebra una fiesta. ¡Colaboraré gratis en los preparativos!

Una gran ayuda, pensó Thomas con ironía, pero la intención de Clara era buena.

—De acuerdo, Clara. Estoy seguro de que nos vendrá bien tu ayuda.

—Vendré a primera hora de la mañana.

El teléfono hizo un clic en el oído de Thomas. Se volvió hacia Janey.

—Vamos a comer.

—Creo que antes deberías llamar a los miembros.

Thomas se encogió y descolgó el teléfono.

—¡Vamos allá!

45

Georgette huyó al cuarto de baño en cuanto Regan empezó a husmear en la fiesta. Sabía que la suerte nos iba a abandonar, pensó. Esto va mal.

Se miró en el espejo y suspiró. Abrió el bolso y sacó el cepillo. Mientras se arreglaba el pelo, repasó sus opciones. Cuando terminó de aplicarse el lápiz de labios, Georgette había decidido que no podía marcharse. Sería muy sospechoso. Pero después de esta noche, se acabó. Blaise y yo buscaremos los diamantes en el apartamento de Nat, y si no los encontramos, nos largaremos de la ciudad mañana. ¿Por qué complicarnos tanto la vida?

Cuando salió del baño, Blaise estaba en la puerta con una bandeja de bebidas.

—Mantén la calma —susurró él—. Nos iremos pronto.

Georgette sonrió, cogió una copa de champagne y volvió a la sala de estar. «No echaré de menos estas fiestas —pensó. Tener que excusarse con un montón de perdedores, explicar por qué no quieres ir al cine—. Dadme un respiro. Vaya, vaya. Aquí viene Regan Reilly, fingiendo cordialidad.»

—Hola —dijo Georgette—. ¿Ha habido suerte?

Regan se encogió de hombros.

—La mujer con la que acabo de hablar ha dicho que ni siquiera estuvo aquí anoche.

—Hablé con ella. Es una amiga de Lydia, de Nueva Jersey. Hoy llamó a Lydia y le dijo que iba a venir a la ciudad, y Lydia le dijo que se pasara por aquí. Por cierto, me llamo Georgette.

—Encantada de conocerte. ¿Puedes decirme algo útil sobre la fiesta de anoche?

Georgette se tiró hacia atrás el pelo con mechas rubias, trasladó su peso de un pie al otro y bajó la voz.

—¿Sabes, Regan? Es un misterio insondable para mí por qué acudo a estas fiestas. El tipo del peluco que te estaba acosando me preguntó anoche si me gustaba pasear por la playa a la luz de la luna. —Georgette lanzó una risita—. O relajarme sobre alfombras de piel de oveja ante una chimenea.

—¿Alfombras de piel de oveja?

—Increíble, ¿verdad? Se me pone la piel de gallina al pensarlo.

—¿Pensar en las ovejas o en él?

—¡En él! No tengo nada contra las ovejas.

Regan rió.

—Bien, ¿por qué vienes a estas fiestas?

«Vaya, vaya», pensó Georgette.

—Compré el paquete de oferta de Lydia. Pensé que tal vez me serviría de algo. Nunca se sabe. Puede que suene la flauta. A veces, pienso que encontrar al hombre perfecto es como buscar una aguja en un pajar.

—¿Qué tipo de hombre andas buscando?

—Alguien que sea amable y cariñoso. Con sentido del humor. Eso es lo que más me importa. Hay muchos problemas en la vida, y es necesario reír, ¿verdad, Regan?

—En efecto —admitió Regan—. Me encanta tu perfume. ¿Qué marca es?

Georgette rió con timidez.

—Se llama Inyección Letal. Me lo regaló mi ex novio.

Regan sonrió.

—¿Qué fue de él?

Georgette agitó la mano.

—Otro perdedor. Esperaba que yo cuidara de él.

Uno de los mayordomos tropezó sin querer con Georgette.

—Perdón —dijo, mientras extendía una bandeja de pinchitos de dátil y beicon.

—Gracias —dijo Regan, al tiempo que cogía uno—. Son muy buenos.

—Nunca quedan al final de la velada —contestó el camarero, que siguió avanzando cuando Georgette declinó la invitación.

—¿Así que no viste nada raro anoche? —preguntó Regan.

—No. Era igual que hoy. El tipo de la cámara estaba aquí. Creo que va a pasar la noche con ellos en la cocina.

«Anoche rodó bastante rato de la fiesta, desde luego», pensó Regan. Habló con los demás invitados durante la siguiente hora. Cuando mencionó a la mamá de Snoopy que una de las mujeres perfumadas en exceso no había acudido anoche, se encogió de hombros.

—A veces me confundo.

«La mayoría de estas mujeres llevan exceso de perfume, y de maquillaje —observó para sí Regan—. Al fin y al cabo, es una fiesta para encontrar pareja. La gente procura ponerse guapa.

—¿Te lo estás pasando bien? —preguntó Lydia, al tiempo que atraía a Regan a su lado.

—Lydia —dijo Regan en voz baja—, me gustaría conseguir los nombres y direcciones de todos los reunidos. También me gustaría saber quién vino anoche pero hoy no. Procederé a una rápida investigación de estas personas. Nadie se enterará.

Lydia entornó los ojos.

—Será mejor que no haya filtraciones, Regan. Yo vivo de esto.

—Nadie lo sabrá —la tranquilizó Regan—, y no olvides que hacemos esto por el bien del Settler's Club. También necesito los nombres y direcciones de los mayordomos.

Lydia respiró hondo.

—A Maldwin no le va a gustar.

—Si él y sus estudiantes no tienen nada que ocultar, no habrá problemas. Es el procedimiento habitual. Ahora bajaré a ver a Thomas.

—Confeccionaré la lista y te la pasaré por debajo de la puerta —prometió Lydia.

—Cuanto antes mejor —dijo Regan—. Quiero llamar a todo el mundo lo antes posible.

46

Thomas y Janey se estaban recuperando de las peripecias del día en el elegante comedor, sentados a una mesa iluminada con velas. Habían tomado ensalada y un plato de pasta, y ahora estaban terminando la botella de vino. Antes de cenar, Thomas había devuelto la llamada a varios miembros, para confirmarles que la fiesta continuaba adelante y todo saldría bien. También aplicó una compresa fría sobre la cara de Janey y la convenció de que se tumbara en el sofá. Cuando salieron del apartamento de Thomas, ella llevaba gafas de sol. Tenía los ojos hinchados y enrojecidos por culpa del aerosol.

Cuando Regan entró, los encontró en una mesa del rincón, bajo el retrato del fundador del club. «Se estará revolviendo en su tumba», pensó Regan.

—¿Has olfateado algo? —preguntó Thomas, al tiempo que se secaba la boca con una servilleta. De regreso del apartamento de Thomas habían hablado del perfume que Janey había olido, así como de la referencia al perfume en el diario de Ben.

Regan sonrió con ironía.

—Hay muchas mujeres perfumadas. Y todo el mundo afirma que no vio nada. —Se volvió hacia el camarero que se acercaba a ella—. Tomaré una copa de vino tinto, por favor.

—Siento no haber podido subir contigo —dijo Janey—. No me sentía con fuerzas, y estoy hecha un asco.

—No te preocupes. A Lydia tampoco le habría hecho mucha gracia. No quiere que dé la impresión de que sospechamos de sus clientes, y si hubieras entrado en una fiesta de solteros convaleciente todavía del ataque con spray, habría parecido un poco raro.

—O pensarían que estoy desesperada.

—También —admitió Regan.

—Pero no estoy desesperada. Tengo a Thomas.

Janey cogió su mano, mientras Thomas sonreía.

«Y será mejor que te pegues a él, nena —pensó Regan—. Porque algo me dice que mañana vas a conseguir que el Settler's Club salga en los periódicos. Y no será bonito.» Mientras la pareja se miraba a los ojos, Regan bebió un sorbo del vino que el camarero había colocado frente a ella. «Nada me impide continuar», pensó.

—Tengo el nombre de los perfumes que llevaban las mujeres. Mañana compraré un frasco de cada uno. Después, veremos si puedes reconocer el que has olido hoy. —Regan hizo una pausa—. Puede que la mujer que saqueó el apartamento de Ben no estuviera relacionada con la mujer que salía con Nat. Podría ser una simple coincidencia.

—A la Fundación de la Fragancia le encantaría saber cuánta gente va perfumada —comentó Thomas.

—Podríamos decir que toda la situación apesta —dijo Janey, antes de vaciar su vaso y lanzar una risita.

«¿Cuántas copas de vino te has cascado? —se preguntó Regan mientras sonreía a Janey—. Creo que yo también me cocería un poco después de estar encerrada en una alacena fría y oscura durante la mayor parte del día, sin saber cuándo me iban a rescatar.»

—Clara vendrá mañana —anunció Thomas—. En un intento por disculparse de su desastrosa llamada telefónica al programa de sucesos.

—Quiero hablar con ella —dijo Regan.

—Por supuesto.

Después de unos cuantos minutos más de charla, Regan se levantó.

—Es hora de acostarse. Hasta mañana.

—Desayunaremos aquí. ¿Bajarás?

—Claro.

Cuando Regan salió de la sala, consultó su reloj. Eran las once y media. Llevo aquí casi catorce horas, y sólo me quedan dos días para resolver este crimen.

«Crímenes», pensó. A cada minuto que pasaba, estaba más convencida de que Nat había sido asesinado. Por eso tenía que hablar con Clara. Estaba segura de que Clara, sin saberlo, poseía información valiosa.

Cuando salió del ascensor y caminó hacia la puerta de Nat, oyó que un pequeño grupo continuaba todavía en el apartamento de Lydia. Los irreductibles, pensó.

Al cabo de un cuarto de hora estaba en la cama del cuarto de invitados, con el despertador puesto a las siete. «Quiero levantarme temprano y echar un buen vistazo a este apartamento —pensó—. En algún sitio he de encontrar una pista.» Regan apagó la luz y apoyó la cabeza sobre la almohada. Cinco minutos después, estaba dormida.

47

—¡Acción! —gritó Jacques Harlow a Daphne.

Estaban en un loft apenas amueblado, de techo alto y expuesto a corrientes de aire, en una calle desierta del bajo Manhattan. Jacques había indicado a uno de los ayudantes que conectara la máquina de niebla, en tanto Daphne se sentaba en el suelo, rodeada de oscuridad, y empezaba a recitar los beneficios y perjuicios de vender su granja. Estaba flanqueada por las ovejas de Nat y Wendy.

—Contemplo los páramos —casi susurró Daphne—, y mi corazón empieza a cantar...

—¡Espera! —gritó el cámara.

—¡Espera! ¿Qué quiere decir «espera»? —preguntó Jacques—. ¡El director es el jefe! El director grita «acción» y el director grita «corten». ¿Cómo se te ha ocurrido olvidarlo?

—Vas a echar a perder un montón de película. Los ojos de las ovejas me dan un mal reflejo.

—Pues dale la vuelta a las ovejas —gritó Jacques, frenético.

Dos ayudantes de producción corrieron a cumplir su orden. Cuando volvieron a Dolly de cara a Daphne, uno de los ojos cayó y se perdió en la oscuridad. Mientras lo buscaban por el suelo, Jacques chilló de nuevo.

—¡No os preocupéis de eso! Me importan un bledo los ojos de las ovejas. Sólo me interesa lo que se ve en los ojos de mis actores. ¡Dad la vuelta a la otra oveja y continuemos de una vez!

Daphne estaba preparada para empezar, con Dolly a un lado y Bah-Bah al otro. Daba la impresión de que las dos ovejas estaban impacientes por escuchar las palabras de Daphne.

—¡Acción! —gritó Jacques.

Durante los seis minutos siguientes, Daphne habló con emoción de la granja de ovejas de su personaje con gran emotividad. Al final, sollozando, bajó la cabeza al estilo que había hecho famoso Scarlett O'Hara en *Lo que el viento se llevó*.

—¡Corten! —gritó Jacques con voz temblorosa. Se secó una lágrima de un ojo y corrió a abrazar a Daphne—. Me he emocionado —susurró en su oído, mientras el equipo aplaudía—. Eres una actriz magnífica. Quiero que seas la protagonista de mi próxima película.

Daphne se quedó sin habla. Hacía años que no se sentía tan bien. Tanto su vida personal como la profesional habían sido menos que satisfactorias. Pero, de repente, daba la impresión de que un mundo nuevo se abría ante ella. Mucho mejor que el trabajo de sustituta.

—Oh, Jacques —susurró por fin, mientras apoyaba la cabeza sobre su hombro.

Pumpkin estaba sentada en un rincón, echando humo. Se levantó.

—¿Estamos preparados para rodar mi escena final?

—¡No! —tronó Jacques—. Daphne me va a repetir su monólogo. Su pozo se desborda, y quiero captar más matices.

—Sí, bien, salgo a fumar un cigarrillo —anunció Pumpkin, y dio media vuelta.

Jacques dirigió a Daphne una mirada traviesa.

—¿Te gustaría que Pumpkin fuera tu sustituta?

Daphne rió, mientras Jacques volvía a su silla de director. Acarició a Dolly y Bah-Bah.

—¿Os imagináis la sorpresa que se llevarían vuestros papás si os vieran convertidas en estrellas de cine?

48

Regan despertó sobresaltada: había habido un ruido sordo en la sala de estar de Nat. Su corazón se aceleró. «¿Qué era eso?», se preguntó, mientras se incorporaba y escuchaba. Todo estaba en silencio. El despertador luminoso anunciaba las 2.11.

Regan bajó de la cama, cogió su bata, caminó con lentitud hasta la puerta cerrada y ladeó la cabeza. Oyó que las tablas del suelo crujían. Oh, Dios mío, pensó. ¡Hay alguien ahí afuera! Entonces, el sonido de susurros apagados le desveló que había más de una persona.

El corazón de Regan golpeaba contra su pecho. «Dos personas como mínimo, y no tengo nada con qué protegerme —pensó—. Anoche alguien fue asesinado en este apartamento. No puedo salir. ¿Quién sabe lo que me encontraré?» Extendió la mano para cerrar con llave la puerta, pero sus dedos palparon una superficie lisa. No había cerradura. «¡Santo Dios! He de conseguir ayuda. He de conseguir ayuda, o podría acabar como Nat.»

Volvió con sigilo a la cama, donde tenía el móvil enchufado a la pared. Lo cogió con manos temblorosas y marcó el 911.

—Estoy en el Settler's Club de Gramercy Park —susurró—. Hay intrusos en el apartamento. Anoche se produjo un robo aquí.

—¿Cuál es la dirección? —preguntó la operadora de manera mecánica, como si estuviera anotando un pedido para la charcutería de la esquina.

—Gramercy Park. Calle Veintiuno.

—¿No tiene la dirección exacta?

—No. Es posible que anoche asesinaran a alguien en el apartamento...

Mientras pronunciaba las cinco últimas palabras, la puerta del dormitorio se abrió. Oyó una exclamación ahogada, y la puerta se cerró con estrépito. Regan oyó pasos que corrían por el pasillo.

—Por favor, el Settler's Club, busque la dirección —suplicó Regan.

Dejó caer el teléfono y salió a toda prisa. Oyó que la puerta de atrás se cerraba y corrió hacia la cocina. A estas alturas, tenía el corazón en la garganta. Si pudiera verlos siquiera un momento, pensó mientras corría en la oscuridad. Encendió la luz de la cocina y abrió la puerta. No vio a nadie, pero oyó pasos que bajaban por la escalera posterior.

Volvió corriendo al vestíbulo y descolgó el teléfono de la casa. Una voz adormilada contestó.

—Hola.

—Soy Regan Reilly. Me he instalado en el apartamento de Nat Pemrod. Acaban de forzarlo, pero los intrusos se asustaron. Bajan por la escalera que hay junto al montacargas.

—Oh, Dios.

—¡Bueno, haga algo! —gritó Regan.

—Habrán escapado por la puerta trasera.

—¿La puerta trasera? —preguntó Regan, disgustada.

—Sólo se utiliza en casos de emergencia.

Regan meneó la cabeza.

—Creo que éste es el caso. La policía llegará dentro de unos minutos.

—Los enviaré arriba, señora.

—Gracias.

Regan colgó el teléfono y empezó a encender luces. Habían saqueado la sala de estar. «Debía dormir como un tronco», pensó Regan.

Había libros y fotos en el suelo, y el escritorio de Nat estaba destrozado. Supongo que mi habitación era la siguiente. Se estremeció. «¿Y si hubiera despertado demasiado tarde? Habría tenido suerte si sólo hubiera recibido una buena rociada de spray, como Janey.»

Debería informar a Thomas. Volvió al teléfono y llamó abajo.

—¿Podría llamar a Thomas? —preguntó.

—Ya lo he hecho. Estaba a punto de llamarla. La policía está a punto de llegar.

Thomas estaba saliendo del ascensor cuando Regan abrió la puerta. Llevaba una bata de hilo y unas zapatillas de piel que sugerían un elevado nivel de vida. La policía le seguía, y sus radios crepitaban.

—¡Regan! —gritó Thomas cuando entró en el apartamento de Nat, y por segunda vez en menos de seis horas abrazó a alguien que había estado en el escenario de un delito.

—Habría podido ser peor —le tranquilizó Regan—. Creo que no esperaban encontrarme en el cuarto de invitados.

Los dos policías se presentaron a Regan.

—Estuvimos aquí anoche —dijo el agente Angelo. Se volvió hacia Thomas—. ¿Cómo se encuentra?

—Mejor, gracias —dijo Thomas, mientras Regan y él los seguían hasta la sala de estar—. Agradezco su interés.

—Huyeron por la puerta de atrás.

Regan explicó a los agentes lo sucedido.

—¿No hay señales de que forzaran la entrada? —preguntó el agente Angelo.

—Yo no he visto nada —contestó Regan.

—Igual que anoche.

—¿Qué ha pasado? —gritó Lydia, que se acercaba corriendo seguida de Maldwin. Los dos iban en pijama y bata. El conjunto de Lydia era digno de un elegante salón de Las Vegas, por supuesto.

—La señorita Lydia me despertó cuando oyó ruidos en el pasillo —explicó Maldwin.

—Holaaaaaa. —Le llegó el turno a Daphne de hacer su entrada triunfal—. Acababa de regresar del rodaje y me dijeron en recepción que aquí pasaba algo. —Miró el desastre en que se había convertido la sala de estar—. ¿Cuándo acabará esto?

«Y ni siquiera sabe lo que pasó en casa de Ben», pensó Regan.

Como la pregunta de Daphne era retórica, nadie contestó, pero Maldwin sintió la necesidad de decir algo.

—Quizá debería preparar té para todos.

—Aquí no —aconsejó uno de los policías—. Es el lugar de los hechos.

—No tenía la menor intención de prepararlo aquí, señor —replicó Maldwin, tirante—. Mi cocina y las teteras especiales están al otro lado del pasillo.

—Una idea maravillosa —dijo Lydia—. ¿Necesitas mi ayuda?

—En absoluto —dijo Maldwin—. Vengan cuando acaben.

Cuando le vio hacer una reverencia en bata, Regan estuvo a punto de reír.

—¿Has devuelto las ovejas? —preguntó Thomas a Daphne con brusquedad.

—Jamás imaginarías... —empezó Daphne.

—Eso significa que no, supongo.

—Mi carrera de actriz acaba de recibir un inesperado empujón.

—¿Bah-Bah es tu nuevo agente? —preguntó Thomas.

—Lo siento, pero las ovejas también protagonizan la película. Mañana hemos de rodar más escenas, así que las ovejas están pasando la noche en el apartamento del director de la película.

—Quiero que estén aquí antes de que empiece la fiesta —advirtió Thomas.

—Lo estarán.

—¿Prometido?

—Prometido.

—¿Por qué no vais todos al apartamento de Lydia? —sugirió Regan—. No tardaré en ir. Quiero hablar con los agentes unos minutos.

—No me iría mal una taza de té —dijo Daphne.

Cuando el grupo salió, el agente Angelo se volvió hacia Regan.

—Quien hizo esto es muy decidido. Creo que no debería quedarse aquí esta noche.

—No me apetece.

—¿Qué va a hacer?

—Creo que podrán prestarme una habitación —dijo Regan, y señaló al otro lado del pasillo.

Angelo sonrió.

—Qué suerte.

49

—Nunca seremos ricos —sollozó Georgette, abrazada a Blaise en la cama.

—La culpa es de Regan Reilly —dijo el hombre—. ¿Quién podía imaginar que había montado su cuartel general allí?

—No dijo nada cuando habló conmigo.

—Bien... Por cierto, no sueltes tanta información. Te estabas yendo de la lengua.

—Le gustó el perfume que me regalaste.

—No te lo vuelvas a poner.

Georgette alzó la cabeza y miró a Blaise a los ojos.

—¿Por qué?

—¿Por qué crees tú?

—No lo sé.

—¿Has oído hablar de sabuesos en un lugar de los hechos?

—Sí.

—Captan un olor. Piensa en Regan Reilly como en un sabueso.

Georgette bajó la cabeza de nuevo.

—No lo volveré a utilizar hasta que nos larguemos. Ojalá pudiéramos marcharnos ahora.

—Pues no es posible. Cuando oí a Reilly hablando con la operadora del 911 acerca de un asesinato, comprendí que hemos de estarnos quietos. Si desaparecemos ahora, sería demasiado sospechoso. Irían a por nosotros. Y no quiero que me acusen de algo que no hice.

—Y yo no quiero volver esta noche al club para la fiesta de aniversario —dijo Georgette—. Nunca nos apoderaremos de los diamantes. ¿De qué servirá?

—La cuestión es que nada acaba hasta que acaba. Me quedan dos semanas en la escuela de mayordomos, y luego nos iremos. Entretanto, reflexiona sobre tu amigo Nat. Reflexiona sobre la posible procedencia de esas bolas de cristal y en lo que pudo hacer con esos diamantes.

—Le gustaban las bromas pesadas.

—Es muy divertido esconder diamantes valorados en millones de dólares.

Georgette clavó la vista en el techo.

—La persona que entró en el apartamento anoche y le asesinó tal vez sabía lo que había hecho con ellos.

Blaise le acarició el pelo.

—Pero, ¿quién fue?

—No lo sé. —Georgette se sintió irritada de repente—. No pensarás que me estaba tomando el pelo, ¿verdad?

50

Cuando Jack llegó a Londres, pasaban unos minutos de las siete de la mañana. «Lo cual significa que son poco más de las dos de la madrugada en Nueva York —pensó—. Espero que Regan esté dormida.» No llevaba maletas, de modo que pasó el control de inmigración y salió a la parada de taxis, donde un chófer le estaba esperando.

Tres cuartos de hora más tarde estaba en el mostrador de recepción de su hotel, cercano a Scotland Yard.

—Está de suerte —dijo el empleado—. Su habitación ya está preparada. El caballero que la utilizó anoche se marchó a primera hora de la mañana. La doncella ya ha terminado de limpiarla.

—Estupendo —dijo Jack.

Sabía que, normalmente, la habitación no tenía que estar dispuesta hasta las tres de la tarde, pero se moría de ganas por una ducha y quería acercarse a Scotland Yard. Estaba nervioso, pero no sabía por qué. «Con suerte, terminaré hoy mismo y cogeré el vuelo de la noche», pensó esperanzado.

Rehusó la oferta de un botones, porque sólo llevaba una bolsa de mano, y subió a su habitación, situada en la quinta planta. Cuando llegó, el carrito de la criada estaba justo delante de la puerta abierta.

—Hola —dijo cuando entró.

—Hola, cariño.

La criada cincuentona asomó la cabeza por la puerta del cuarto de baño. Era del tipo risueño.

—Lo siento. Me dijeron que la habitación ya estaba preparada.

—Exacto. Siempre se confunden, ¿verdad? Saldré en un periquete.

—Gracias. He de ducharme antes de ir a trabajar.

—¿También trabaja los sábados?

Jack sonrió, se acercó a la cama y dejó su bolsa.

—Sí.

—La vida es así —dijo la doncella—. Muy bien. Ya he terminado. Que lo pase bien.

—Lo mismo digo —contestó Jack, y entonces observó que había dinero y una nota sobre el tocador—. Espere —dijo, antes de que la mujer saliera—. Creo que ese dinero debe de ser suyo.

—Gracias, cariño —dijo la mujer, y corrió al tocador. Cuando vio lo poco que era, dijo—: Casi no vale la pena tomarse la molestia —pero se lo metió en el bolsillo y cogió la nota—. «Gracias por un servicio tan sensacional. Ha sido como tener un mayordomo para mí solo.» —Miró a Jack y puso los ojos en blanco—. Quizá debería hacerme mayordomo.

Jack sonrió.

—Conozco una escuela de mayordomos en Nueva York que acaba de empezar.

La doncella agitó una mano.

—Ya tenemos bastantes escuelas de mayordomos aquí. Demasiadas, en realidad. Mucha competencia. Pero a mí me da igual. Nunca duraría en uno de esos sitios. Demasiado formales para mí. —Volvió hacia la puerta—. Chao, cariño.

—Chao —dijo Jack, mientras abría la cremallera de la bolsa y corría al cuarto de baño con los útiles de afeitar.

51

—¿Té, señorita Regan? —preguntó Maldwin, mientras la conducía hacia la sala de estar de Lydia, donde Daphne, Lydia y Thomas estaban disfrutando de su segunda taza. Eran las tres y media de la mañana.

—Gracias —dijo Regan, y se sentó en un confidente al lado de Daphne.

—Bien, ¿qué está pasando?

—La policía ya ha terminado. Buscaron huellas dactilares y cerraron la puerta principal con un candado especial. Thomas, lo primero que hay que hacer por la mañana es cambiar las cerraduras.

—Por supuesto, Regan. ¿Quieres quedarte en mi apartamento esta noche?

—Yo te lo ofrecería, pero mi apartamento está hecho un desastre —saltó Daphne—. Prepararse para hacer la película fue muy emocionante. Hay cosas tiradas por todas partes...

—¡Has de quedarte aquí! —insistió Lydia—. Hay una habitación para la doncella junto a la cocina, con un sofá-cama. Aquí estarás segura.

—Tal vez acepte tu invitación —dijo Regan. Había dormido en muchos sofás-cama en su momento.

—La habitación es bastante pequeña, por eso no quise que Maldwin viviera en ella —explicó Lydia—. Pero es perfecta para tus propósitos.

Thomas había informado a los demás del robo en casa de Ben. Había maquillado la visita de Janey, por supuesto. «No le gusta que la comida se eche a perder», explicó.

—Regan, con todo lo que está pasando, tal vez debería haber más seguridad por aquí —sugirió Daphne.

—No podemos tener guardias armados que patrullen los pasillos —contestó Lydia—. Se supone que éste es un lugar refinado.

—No puedes ser refinada cuando estás muerta —replicó Daphne.

—No nos lo podemos permitir, Daphne —gimió Thomas—. A menos que ocurra un milagro y recuperemos esos diamantes, o que el reparto de *Ben-Hur* ingrese en el Settler's Club, temo que estamos metidos en un buen lío. Hasta es posible que nos veamos obligados a cerrar.

—¡Mi agencia de contactos! —gimió Lydia.

—¡Mi escuela de mayordomos! —exclamó Maldwin.

—¿Y yo qué? —preguntó Thomas—. Esto es más que un trabajo para mí. Mi sueño era devolver la vida al club. Convertirlo en un lugar vibrante, consagrado a la vida elegante y el amor al arte. ¡Hasta llegué a imaginar que tendríamos una lista de espera de cinco años!

—Cinco años es lo que tardaría yo en encontrar otro apartamento decente en Nueva York —comentó Daphne en voz más alta—. Me gusta este lugar y quiero quedarme. El Settler's Club ha sido toda mi vida durante los últimos veinte años...

—Escuchad todos —interrumpió Regan—. Discutir es absurdo. Todos queremos lo mismo. Sugiero que unamos nuestras fuerzas y nos esforcemos en montar una fiesta fabulosa mañana por la noche. Es el centenario del club. Stanley va a venir con su cámara de televisión, ¿verdad?

Lydia asintió.

—Se enfadará cuando sepa que se ha perdido lo que acaba de pasar.

—Bien, no nos interesa que hable de ello en su reportaje —señaló Thomas—. Sólo queremos que dé la mejor imagen del club.

—Diré a mis padres que vengan —dijo Regan—. Mi madre está presidiendo una convención de escritores de novelas policíacas, y es posible que convenza a algunos de sus amigos autores de que la acompañen.

Thomas mordisqueó su pañuelo.

—Buena idea, Regan.

—Hemos de montar un buen espectáculo. Entretanto, trabajaré con la policía. Hay que detener a las personas que irrumpieron esta noche en el apartamento de Nat. Puede que sean muy peligrosas. No olvidéis cerrar las puertas con llave.

—Vaya día —suspiró Daphne—. Aunque a mí no me ha ido tan mal.

Thomas se levantó.

—No te olvides de devolver las ovejas para la fiesta. A lo mejor nos traen buena suerte.

52

Cuando la alarma del despertador de Clara se disparó, la mujer gruñó. «Es culpa mía tener que levantarme temprano un sábado —pensó—. Me dejé arrastrar cuando llamé a aquel programa, y me volví a dejar arrastrar cuando me ofrecí a trabajar gratis.» Desconectó la alarma y siguió inmóvil unos minutos. «Ya me gustaría que uno de los alumnos de Maldwin me trajera una taza de café. Saltar de la cama sería más fácil.»

«Bien, creo que no tendré mayordomo en toda mi vida —reflexionó mientras abandonaba el calor del cubrecama—. Mi única esperanza es reencarnarme en Rockefeller.» Entró en la cocina y encendió la cafetera, y luego fue a tomar una ducha. Agradeció la caricia del agua caliente sobre la espalda y los brazos que pasaban tantas horas eliminado la suciedad de los demás.

Envuelta en su bata, corrió a la cocina y se sirvió la primera taza de café, que siempre tomaba mientras se vestía. Me estoy entreteniendo demasiado, pensó. Hoy no me quedará tiempo para una segunda taza. Prometí que iría temprano.

Veinte minutos después, salió del apartamento con un par de pantalones holgados, un jersey ancho y su gran abrigo de invierno. Siempre se ponía el uniforme de camarera en el club.

«Hoy es 13 de marzo y parece que falten meses para la primavera», pensó mientras se calzaba los guantes. Era otro día gris, gélido, sin vida. Como de costumbre, recorrió las seis manzanas que distaba la estación de metro. Las calles estaban vacías porque era sábado y temprano. Cuando llegó a la estación, se acercó al quiosco y lanzó una exclamación ahogada cuando vio los titulares sensacionalistas del *New York World*:

OLA DE CRÍMENES AFECTA AL SETTLER'S CLUB
LA NOVIA DEL PRESIDENTE DEL CLUB
ROBA COMIDA A MIEMBRO FALLECIDO

Clara cogió un periódico de la pila y empezó a devorar la historia.

—¿Va a pagarme, señora? —le preguntó el vendedor.

Clara sacó un par de monedas de veinticinco céntimos de su bolso, sin apartar los ojos de la página, y las dejó sobre el mostrador. Una de ellas cayó en la sección de caramelos, pero Clara ni se dio cuenta.

—Muchísimas gracias, señora.

—No hay de qué —masculló Clara mientras se alejaba, meneando la cabeza. Y estaban preocupados por mi llamada al programa de sucesos. Lo mejor sería ir a casa y volver a meterme en la cama.

El metro que la llevaría a Gramercy Park estaba entrando en la estación. «Qué demonios, me portaré de forma correcta y le echaré una mano al pobre Thomas», pensó cuando el tren se detuvo. Pasó todo el trayecto hasta Manhattan meneando la cabeza y releyendo hasta la última palabra del artículo.

La habitación de la criada era muy mona, de acuerdo. Tan mona que cuando abrías la puerta, chocaba contra el sofá. Pero a Regan no le importó. Cuando se retiró por segunda vez aquella noche, eran las cuatro. «Para que luego hablen de camas musicales», pensó mientras se tapaba con las sábanas y se volvía hacia la pared.

El sueño no le sobrevino con tanta rapidez como en el cuarto de invitados de Nat. Y cuando lo hizo, fue a trompicones, acompañado por sueños extraños que apenas pudo recordar. Sólo se sumió en un sueño más profundo cuando la luz empezó a filtrarse por la ventana.

A las nueve y diez, su móvil sonó. Regan abrió los ojos y miró a su alrededor, confusa por un momento. Después, como un bumerán, los recuerdos de las últimas veinticuatro horas regresaron. Cogió el teléfono de la mesita de noche. El identificador mostraba el número de sus padres.

—Hola —contestó, y se dio cuenta de que hablaba como si estuviera muy cansada.

—Regan, ¿te encuentras bien? —preguntó Nora con preocupación.

—Sí. Aún no estoy despierta del todo.

—Eso quiere decir que aún no has visto el periódico.

—No, pero ahora sí podríamos decir que estoy despierta del todo. ¿Es malo?

—Muy malo.

—¿Qué página?

—La primera plana.

Nora leyó el titular.

—Eso le alegrará el día a Thomas.

—El artículo da a entender que el infierno se ha desatado en el Settler's Club.

—Es cierto, mamá —admitió Regan, pues sabía que debía contar a su madre lo sucedido.

—¿Qué quieres decir?

—Esta noche, cuando estaba durmiendo, alguien entró en el apartamento de Nat Pemrod.

—¡Oh, Dios mío, Regan! ¿Estás bien?

—Sí. —Regan explicó a Nora las peripecias nocturnas—. He dormido en la habitación de la criada que hay al otro lado del pasillo.

—¿El apartamento con todos esos mayordomos y las fiestas para solteros?

—¿Cómo lo sabes?

—Sale en el artículo.

Nora hizo un resumen de la conversación a Luke, que estaba a su lado.

Regan suspiró y se frotó los ojos.

—Ardo en deseos de leerlo. Me sorprende que Thomas no haya subido corriendo todavía. Espera a que esa periodista se entere del último incidente. Por cierto, dio a entender que erais amigas.

—Está cubriendo la convención literaria, pero creo que consideró más interesante lo que está pasando en el Settler's Club. Escucha esto: «Mientras Nora Regan Reilly se halla presidiendo una convención de escritores denovelas policíacas, su hija Regan está investigando sucesos reales en el elegante Gramercy Park, y le crecen los enanos».

Regan se incorporó.

—Ya lo creo.

Nora continuó.

—«Cuando la Reilly mayor fue interrogada sobre el paradero de su hija, dijo que Regan estaba trabajando en un caso en Nueva York, pero se negó a ser más concreta...»

—Caramba con la información reservada.

—¿Por qué ha de referirse a mí como la Reilly «mayor»? No me gusta nada.

—Al menos no me llamó la «menor».

—Sí que lo ha hecho.

—Lo mejor será que vaya a comprar el periódico y lo lea de cabo a rabo. Escucha, mamá, ¿crees que podrías reunir a varios de tus colegas y dejaros caer por la fiesta de esta noche? Nos estamos esforzando en que el encuentro sea lo más interesante posible. Desviar la atención de lo que está pasando, aunque teniendo en cuenta la publicidad nefasta de la prensa, parece improbable. Hemos de controlar muchas cosas.

—¿A qué hora empieza la fiesta?

—A las siete.

—Nos va bien. Nuestra hora del cóctel es de cinco y media a seis y media, y luego la gente queda libre hasta las sesiones finales y el «brunch» de mañana. Preguntaré quién quiere ir. Antes de que cuelgues, tu padre quiere hablar contigo.

—De acuerdo.

—Hola, cariño —dijo Luke—. Ve con cuidado, ¿eh?

Tanto Luke como Regan rieron. Era un chiste familiar. En una ocasión, después de que ella hubiera resbalado y caído en la nieve, Nora se había inclinado sobre Regan, espatarrada en la acera, y le había dicho: «Ve con cuidado».

«Demasiado tarde, mamá», había contestado Regan.

—En cualquier caso —continuó Luke—, ayer hablé a Austin de lo que estabas haciendo. Me recordó que el año pasado habíamos oído hablar de esa chica que heredó dinero de una vecina anciana en Hoboken, y después fundó una agencia de contactos.

—¿Sí? —dijo Regan, con todas sus antenas detectivescas desplegadas.

—Esa mujer le dejó un montón de dinero.

—Sí, lo sé.

—Resulta que no hizo demasiadas amistades después de que la mujer muriera. Hasta rechazó la invitación de los hermanos Connolly, que se habían encargado del funeral, a participar en una obra de caridad. Dijeron que era mezquina, y que había salido pitando de la ciudad.

—Ser mezquino no es ningún delito —dijo Regan—, aunque tal vez debería serlo.

—Eso es muy cierto. No obstante, eso les hizo preguntarse si la vecina había sido sometida a una influencia indebida...

«Y ahora estoy en su apartamento. ¿Es posible que Lydia esté relacionada con algo de lo que ha pasado?»

—Tal vez debería llamarlos —dijo Regan—. ¿Tienes su número?

—Sí —dijo Luke, y lo leyó a Regan—. Por si sirve de algo.

—Nada me sorprendería. Hasta la noche.

—Ve con cuidado. En serio.

Regan sonrió.

—De acuerdo, papá.

Cuando colgó, se puso la bata y salió a la cocina. Maldwin estaba a punto de salir con tazas de café.

—Siento no haberle llevado café, pero creo que todos hemos dormido un poco más de la cuenta. Ahora ya está preparado.

—Estupendo —dijo Regan—. Me voy al otro lado del pasillo a ducharme. Tengo todas mis cosas allí.

—Llévese una taza.

—Gracias. ¿Lydia se ha levantado ya?

—No. La despertaré de un momento a otro. La pedicura viene a cortarle las uñas a las diez.

Ojalá viniera alguien a masajearme los pies, pensó Regan.

—Déle las gracias de mi parte. Ya hablaré con ella más tarde.

Maldwin sirvió una taza de café en su punto.

—¿Leche y azúcar?

—Sólo unas gotas de leche. Maldwin, creo que debería fundar una escuela de mayordomos donde yo vivo, en California.

Maldwin dejó caer la jarra sobre la encimera.

—Perdón —dijo con nerviosismo.

—¿Qué pasa? ¿No le gusta California? —preguntó Regan.

—Demasiado sol —dijo el hombre, mientras servía otra taza y la dejaba en la bandeja de Lydia.

«¿Por qué está tan preocupado?», se preguntó Regan mientras cruzaba el pasillo, abría el candado con la llave que le había dado la policía y entraba en lo que ya consideraba a estas alturas el abismo.

54

Dolly y Bah-Bah parecían dos figuras desoladas y olvidadas en un rincón del loft de Jacques Harlow. Había equipo de filmar por todas partes. Jacques estaba roncando como una perforadora en su cama, a la que debía subir mediante una escalerilla. La noche anterior habían rodado hasta una hora muy avanzada. Los actores y el equipo debían volver a mediodía.

Una luz grisácea se filtraba por las grandes y sucias ventanas, y el reloj del horno indicaba las 9.59.

El bocinazo estridente del portero automático, indicador de que había un visitante en la acera, rasgó el aire. Varios bocinazos más consiguieron abrirse paso por fin en la conciencia de Jacques y le despertaron. Saltó de la cama y oprimió el intercomunicador.

—¿Qué? —gruñó.

—Buenas noticias, jefe.

Era uno de sus ayudantes, un tipejo llamado Stewie, que albergaba la ambición de triunfar en Hollywood.

—Ya pueden serlo. Me has despertado.

—Déjeme entrar.

Jacques se apoyó en el botón, instalado a propósito al lado de su cama, y luego bajó la escalerilla. Se acercó a la puerta y la abrió justo cuando Stewie estaba subiendo la escalera, una bolsa con café y bollos en una mano, y el periódico en la otra.

—Extra, extra, léalo todo al respecto —canturreó Stewie mientras entraba y tendía a Jacques el *New York World*.

—¿Al respecto de qué?

—Los problemas del Settler's Club. Un artículo complementario habla de nuestra peli y de que utilizamos el club como decorado.

—Mi peli.

—Como quieras.

Stewie dejó las bolsas sobre la mesa de la cocina.

Jacques leyó un minuto, y después tiró el periódico.

—¿Desde cuándo eres el productor?

—Le dije a la periodista que estaba en producción.

Jacques puso los ojos en blanco y volvió a coger el periódico.

—¡Ah, aquí estoy!

«El impredecible e innovador director Jacques Harlow anima a sus actores a improvisar durante el rodaje. Nos han informado de que dos ovejas disecadas pertenecientes al fallecido miembro del club Nat Pemrod han sido incorporadas al guión, y fueron sacadas del club para utilizarlas en la siguiente escena.

»Thomas Pilsner, presidente del club, cuya novia se llevó comida del apartamento de Ben Carney, otro miembro fallecido, se enfadó al enterarse de que se habían llevado las ovejas sin su permiso. Tal vez su novia quería prepararle pierna de cordero.»

—Aquí tiene su café.

Jacques tomó un sorbo.

—Ha ido bien que nos lleváramos esas ovejas del club. De lo contrario, quizá ni habrían hablado de nosotros.

—Ha ido bien que yo descubriera el club —puntualizó Stewie, mientras paseaba por el loft. Cuando pasó ante Dolly y Bah-Bah, propinó a Bah-Bah un golpe en la cabeza. No se dio cuenta de que uno de los ojos de Bah-Bah caía y rodaba hasta perderse debajo de la estufa—. Jefe, algo me dice que deberíamos terminar el rodaje hoy y llegarnos a esa fiesta. Algo me dice que va a pasar algo. Podríamos obtener más publicidad. —Hizo una pausa—. ¿Por qué me mira así?

—Algo me dice que deberíamos hacer lo imposible por no separarnos de estas ovejas. Podrían ser el logo de nuestra compañía. Se llamará Producciones Dos Ovejas.

—¿Deberíamos tratar de comprarlas?

—Creo que sí.

—¿Y si no quieren venderlas?

Jacques le miró con desagrado.

—Les haremos una oferta que no podrán rechazar.

55

En toda la ciudad, la gente estaba leyendo las noticias referentes al Settler's Club. El ex novio de Lydia, Burkhard Whittlesey, disfrutaba especialmente del artículo mientras pedaleaba en la bicicleta estática del gimnasio más barato y maloliente de todo Nueva York. Era lo máximo que podía permitirse por el momento, pero estaba decidido a recuperar el aprecio de Lydia, para lo cual debía mantenerse en forma. La mujer era su única posibilidad de llevar una vida decente. «Tendría que haberla tratado mejor —pensó—. Me mostré demasiado arrogante.»

A la larga, por supuesto, se consideraba mucho más adecuado para un tipo de mujer aristocrático. Al fin y al cabo, era un chico apuesto con bastante encanto. Por eso se colaba en todas los acontecimientos de la clase alta de la ciudad. Siempre iba a la caza de una presa acaudalada.

Desde la universidad, había conseguido figurar en la lista de todas las fiestas. También había dominado el arte de aparecer a la hora del cóctel en las funciones de beneficencia que se celebraban en hoteles, merodeaba embutido en su esmoquin en busca de algo que valiera la pena, y desaparecía cuando llegaba el momento de tomar asiento. Si conocía a alguien, aducía la excusa de que debía ir a otro sitio, y trataba de conseguir una cita para otra ocasión. Hasta el momento, el éxito no le había sonreído. Todas las mujeres con algo de dinero adivinaban que carecía por completo de dinero.

Si Burkhard hubiera invertido la mitad de los esfuerzos destinados a conseguir vivir a costa de alguien en encontrar un trabajo de verdad, tal vez habría sido presidente de una gran empresa. Pero todos los trabajos conseguidos habían empezado con grandes promesas, para luego acabar en el desastre. Las acciones que recomendaba caían en picado, los tratos que cerraba se rompían. Ahora, a la edad de treinta y cinco años, empezaba a preocuparse por su futuro. Su compañero de cuarto, cuyo nombre figuraba en el contrato de alquiler de su mugriento palacio de un solo dormitorio, pasto de las cucarachas, había decidido ingresar en una comuna de Nuevo México. En cuestión de semanas, Burkhard se encontraría en la calle.

Mientras leía el periódico, pedaleaba con más denuedo. El club tenía un montón de problemas. «Esta noche será apoteósica —pensó—. Me da igual lo que diga Lydia. Iré y desplegaré todo mi arsenal seductor. Le demostraré que puedo serle muy útil. Fingiré abordar a todos los periodistas que aparezcan. Como mínimo, me extenderá un talón para que mantenga la boca cerrada.»

Burkhard se levantó de la bicicleta y se encaminó a las duchas. La visión del moho acumulado en el desagüe fue demasiado para él. Abrió su taquilla y se puso el chándal. «Me ducharé en casa —decidió—. Después, daré un paseíto por Gramercy Park, y me prepararé psicológicamente para la velada.»

Lydia era su última oportunidad, antes de que se viera forzado a volver a casa de sus padres sin un céntimo y tener que aceptar un trabajo de leñador. No albergaba la menor intención de permitir que eso ocurriera.

Cuando salió del «club» y respiró un poco de aire puro, sonrió. «Esta noche habrá una fiesta de beneficencia. —Rió para sí—. A beneficio de Burkhard Whittlesey.»

56

Regan acababa de vestirse, cuando sonó el timbre de la puerta. «Vamos allá», pensó. Era Clara.

—Thomas me dijo que subiera a verla —dijo Clara angustiada.

—He de hablar con él. ¿Sabes si ya ha visto los periódicos?

—Está acabado —anunció Clara—. Y esa novia suya no para de llorar.

—¿De veras?

—¿Usted no lo haría en su lugar? —replicó Clara, al tiempo que alzaba los brazos al aire—. Gracias a ese artículo, la gente creerá que este lugar es un manicomio.

Regan se limitó a mirarla.

—Está bien, admito que llamar a ese programa no fue una buena idea. Al menos, no lo dicen en el periódico.

—Siempre hay un mañana.

—¡Regan!

—Lo siento, Clara. Quería hablar contigo acerca de Nat durante unos minutos.

—Pobre hombre.

—¿Te has enterado de que alguien entró aquí anoche?

Regan la condujo hasta la sala de estar.

—Thomas me lo dijo. ¡Mira qué desastre! Nat amaba sus libros, y ahora están tirados por todas partes. —Clara meneó la cabeza—. Es terrible. Y esas ovejas. Estuvieron tanto tiempo en esta sala de estar. Ahora se las ha llevado ese director de cine demente. Daphne no tenía derecho a permitir que esos chiflados se las llevaran.

—Prometió devolverlas esta noche.

—Aun así, no tenía derecho. Eran los bebés de Nat y Wendy.

—¿Desde cuándo trabajas aquí, Clara?

—Se cumplirán diez años el próximo lunes.

—Así que conocías a Nat y a su mujer, ¿verdad?

Clara asintió.

—Una pareja adorable. Un poco demasiado locos por las ovejas para mi gusto, pero cada uno es como es.

—Thomas me dijo que Wendy era inglesa, y que había crecido en el campo, donde había muchas ovejas.

—Sí, y yo me crié al lado de una perrera, pero no tengo un montón de perros disecados apelotonados en mi apartamento.

Regan no pudo llevarle la contraria.

—Debían de formar una pareja perfecta.

—Sí. ¿Sabe cuál era la canción preferida de ambos? «I Only Have Eyes for You». Nat siempre se la estaba cantando. «Sólo tengo ojos para ti.» Reían y reían sin parar. —La voz de Clara se dulcificó—. Le encantaba gastar bromas pesadas. Le gustaba mucho divertirse.

—Clara, ¿el mes pasado viste señales de que Nat saliera con alguien?

Clara compuso una expresión pensativa.

—Mire, Regan —dijo, mientras se alejaba por el pasillo, seguida por Regan—, compró ropa nueva hace unas tres semanas. Llegó con un montón de bolsas, se había cortado el pelo y afeitado en la barbería. Me dijo que hacía años que no iba al barbero. Me dijo que el barbero le había recortado los pelos de la nariz y depilado las cejas. Pero un día de la semana pasada, cuando se marchaba, le pregunté si iba a cortarse los pelos de la nariz, en broma, y él dijo que ya no necesitaba perder el tiempo en chorradas como ésas.

Debió de ser cuando decidió romper con ella, pensó Regan.

—Pero, ¿no te habló de una novia?

—¡No! Debía sentirse ridículo, porque antes siempre hablaba de Wendy. Como si estuviera viva. Ahora que lo pienso, durante unas semanas no dijo ni pío sobre ella, pero la semana pasada fue Wendy esto y Wendy lo otro. Creo que nunca superó su pérdida.

Clara se detuvo ante la puerta del dormitorio principal.

—Después de la muerte de ella, él quiso que todo continuara igual. No me sorprende que la nueva relación, si la hubo, no prosperara. —Se encaminó al cuarto de baño—. Lo dejó todo como estaba. —De repente, agitó el brazo—. ¡Ya lo tengo, Regan!

—¿El qué?

—¡Las toallas de Wendy han desaparecido!

—¿Las toallas de Wendy?

—Sí. Siempre colgaban de ese toallero. —Clara señaló el toallero vacío de la pared—. Con todos los sobresaltos de ayer, no lo pensé. Nat nunca utilizaba esas toallas, pero siempre quiso que siguieran en su sitio. Yo las lavaba de vez en cuando, para que parecieran limpias.

—¿Llevaban el adorno de las ovejas?

—Por supuesto.

—Encontré uno de esos adornos en el suelo, junto a la ducha —explicó Regan.

—Son muy delicados. Debieron de caerse.

Así que las toallas han desaparecido, reflexionó Regan, y uno de los adornos lo encontré junto a la ducha.

—¿Para qué iba a llevarse alguien las toallas la noche que Nat murió? —preguntó en voz alta.

Clara parecía perpleja.

—Y no olvide que esa noche Nat tomó un baño, no una ducha. Siempre se duchaba. Entre las diez y las diez y media de la noche, me dijo.

—De modo que si se duchó esa noche, y la persona que entró aquí quiso aparentar que había resbalado en la bañera, tuvieron que secar la ducha por si encontraban a Nat antes de que se secara por sí sola. De modo que se apoderaron de las toallas a toda prisa y frotaron vigorosamente...

—¡Y las ovejas cayeron! —interrumpió Clara, terminando la frase de Regan—. ¡Nat tuvo que ser asesinado!

—Clara, has de encontrar esas toallas. Quien se las llevó debió esconderlas en algún lugar del club.

—¡Un asesino estuvo aquí, Regan! ¡Un asesino!

—Ya lo sabemos, Clara.

—Pues claro que sí. ¿Por qué faltarían las toallas, si no?

Buena pregunta, pensó Regan.

—Clara, haz el favor de no llamar...

—No llamaré al programa de sucesos. ¡No se preocupe! Registraré el club de arriba abajo, en busca de esas toallas. —Clara aferró la mano de Regan—. Quiero ayudarla a encontrar al asesino de Nat. Le digo la verdad. Me facilitaba el trabajo. ¡Nunca usaba la bañera!

57

En New Scotland Yard, Jack fue incapaz de descubrir algo sig-
nificativo en la pila de papeles, fotos y mapas encontrados en
el apartamento del sospechoso.

—¿Qué te parece si nos tomamos un descanso y vamos a
comer a «Finnegan's Wake»? —sugirió por fin su amigo Ian.

Jack consultó su reloj. Pasaban de las dos. Aún podía coger el vuelo de regreso de las seis.

—Eso parece prometedor —dijo. «Llamaré a Regan
cuando vaya camino del aeropuerto», pensó.

Se acomodaron en una mesa apartada del pub, y pidieron cerveza y pastel de carne.

—¿No quieres pasar la noche aquí, Jack? —preguntó
Ian—. Nos divertiríamos.

Jack negó con la cabeza y sonrió.

—Gracias, Ian, pero he de regresar.

—Algo me dice que no es por trabajo —dijo Ian, con un
brillo travieso en los ojos.

Jack tomó un sorbo de cerveza.

—La verdad es que no. —Le habló de su relación con Regan y de lo que ella estaba haciendo ese fin de semana en el
Settler's Club—. Es curioso. Hay alguien que dirige una escuela de mayordomos en un apartamento de ese club. Se lo
conté a la criada del hotel, y me dijo que aquí hay mucha
competencia entre las escuelas de mayordomos.

Ian puso los ojos en blanco.

—Es algo más que una competencia amistosa. Hay un tipo al que tenemos vigilado. Thorn Darlington. Es el director de la mayor escuela de mayordomos, y un individuo problemático.

—¿Por qué?

—Está convencido de que es la única persona de este país, o del mundo, si me apuras, que debería enseñar a los mayordomos a servir el té. Casi todas las demás escuelas que han abierto han tenido que cerrar. Por lo general, en circunstancias sospechosas. El propietario de una murió en un accidente automovilístico de madrugada. Otra escuela ardió hasta los cimientos cuando se declaró un incendio en la cocina. Los alumnos de otra escuela sufrieron una intoxicación alimentaria. Algunos estuvieron a punto de morir. Inútil decir que la escuela no encuentra alumnos nuevos. Pero la escuela de Darlington siempre permanece incólume.

—¿Crees que está implicado en los incidentes?

—Digamos que su nombre está escrito en todos, pero no podemos demostrar nada. Ha llegado a nuestros oídos que quiere abrir una escuela de mayordomos en Nueva York.

Jack frunció el ceño.

—La escuela de mayordomos del club está frente al apartamento donde Regan se ha instalado.

—Me gustaría saber más cosas de esa escuela —dijo Ian—. Es muy posible que Thorn Darlington se haya enterado.

De repente, Jack se sintió inquieto.

—Me alegro de volver hoy.

—Si mi novia se encontrara en una situación semejante, yo también querría volver.

—No es que no sepa cuidar de sí misma... —empezó Jack.

Ian levantó una mano.

—Lo comprendo. Cuando quieres a alguien...

—¿Querer a alguien? Yo no he dicho...

—No ha sido necesario. Bien, voy a pagar, volveré a la oficina y revisaré las actividades recientes de Thorn Darlington. Tú ve a buscar tus cosas al hotel, y enviaré un coche para que te recoja dentro de media hora y te lleve al aeropuerto. Le pasaré al chófer toda la información que haya podido reunir sobre Darlington.

—Gracias, Ian.

—De nada. La próxima vez que vengas, trae a esa tal Regan Reilly. Me gustaría conocerla.

—Lo haré —prometió Jack. Se sentía más inquieto que nunca, ansioso por volver a casa.

58

Jack no tardó mucho rato en hacer la bolsa. Marcó el número del teléfono móvil de Regan. Sonó tres veces antes de que ella descolgara.

—Hola —dijo Jack.

—Hola, Jack.

La voz de Regan sonó aliviada.

—¿Qué pasa?

—¿Por dónde quieres que empiece? Bien, vamos a ver. Alguien entró en el apartamento anoche, cuando yo estaba durmiendo. Huyeron cuando descubrieron mi presencia.

La mano de Jack estrujó el teléfono.

—Ese lugar me daba malas vibraciones.

—Y ahora estoy convencida de que Nat Pemrod fue asesinado.

—Vuelvo ahora mismo.

—¿Sí? —dijo Regan, contenta.

—Aquí ya he terminado, y he descubierto algo que tal vez complique todavía más los problemas de ese club. Un tipo llamado Thorn Darlington, director de la escuela de mayordomos más famosa de Inglaterra, piensa abrir una escuela en Nueva York. No es muy cordial con la competencia.

—Fantástico —dijo Regan—. A Maldwin le encantará la noticia.

—Van a proporcionarme más información. Entretanto, ve con cuidado.

Regan sonrió. No le había contado el significado especial de la frase. Esperaría a que regresara.

—Lo haré. He de contarte más cosas increíbles. Ayer fue el colmo. Esta mañana, el Settler's Club y todos sus contratiempos salen en primera plana del *New York World*.

Jack suspiró.

—Me alegro mucho de volver esta noche.

—Yo también. Ya sabes que celebramos la fiesta de aniversario del club.

—Resérvame un baile.

Regan rió.

—Acudirán muchos solteros de Lydia. Estoy segura de que las mujeres harán cola para bailar contigo.

—Gracias, pero no. Les diré que mi carnet de baile está lleno.

La criada llamó a la puerta de Jack, y la abrió medio segundo después.

—Hola, cariño —dijo.

—Sí que parece que tu carnet de baile esté lleno —dijo Regan.

—Muy chistosa. Hasta la noche.

Regan desconectó el teléfono y sonrió. Clara apareció detrás de ella.

—¿Era su novio? —preguntó.

—Sí —dijo Regan, aunque ella nunca le había llamado así.

—¿Sabe una cosa? Tiene la misma expresión que cuando Nat hablaba de Wendy.

«Oh, fantástico —pensó Regan—. Esperemos que no acabe muerta.»

59

—Quizá deberíamos romper —lloró Janey sobre sus gachas.

Thomas cogió su mano.

—Podríamos ir a un consejero matrimonial.

—¿A un consejero matrimonial? ¿Para qué?

—Porque quieres romper.

—No quiero. Estoy disgustada porque te he puesto en ridículo.

—¡Olvídalo! Lo superaremos. Y ahora come, has de comer. —Thomas atacó sus huevos pasados por agua—. Necesitamos todas nuestras energías para el día de hoy.

—Ojalá la señora Buckland no me hubiera llamado ayer para encargar su estúpido pollo asado. Nada de esto habría sucedido.

—Janey, la vida está llena de «ojalás». Ojalá Nat no hubiera muerto, ojalá Ben no hubiera muerto, ojalá nos hubieran dado los diamantes antes de morir...

—Hola, gente.

Regan se había materialziado ante su mesa.

—¡Regan! —Thomas alzó la vista—. Siéntate.

—Sólo unos minutos —dijo Regan mientras se sentaba. Ocupaban la misma mesa de la noche anterior, y el comedor parecía otra vez una tumba. «Pero esta noche —pensó Regan—, con un poco de suerte, habrá un poco de marcha.» Miró el retrato del fundador del club, convencida de que esta noche fruncirá el ceño. «No puedo culparle» pensó—. He visto a Clara.

—La otra metomentodo —comentó Janey.

—No seas así, cariño. Lo de Clara fue mucho peor —insistió Thomas—. Retransmitió nuestros problemas al mundo. No lo sabías cuando fuiste a casa de Ben y cogiste la comida que...

—¡Sé muy bien lo que hice, Thomas!

Regan se sirvió un cruasán y bebió la taza de café que el camarero colocó ante ella. No quería inmiscuirse en la discusión de los dos tortolitos.

—Sé que lo sabes —dijo Thomas—. Sólo digo que no sabías que acabaría en la primera plana del periódico.

—Olvida el periódico —aconsejó Regan.

—¿Lo has visto? —preguntó Thomas.

—No. Mi madre llamó para informarme.

Janey gruñó.

—Podría matar a la señora Buckland. —Entonces, compuso una expresión sobresaltada—. ¡Ella también lo habrá leído! ¡Ya puedo decir adiós a mi negocio!

—Únete a la multitud —dijo Thomas con ironía.

—Basta ya —dijo Regan—. Quiero ir a comprar esos perfumes. ¿Estarás más tarde por aquí, Janey?

La joven asintió.

—Ayudaré a Thomas a hinchar globos para la fiesta de esta noche.

Una forma de que aliviéis un poco la tensión, pensó Regan. Cuando hayáis terminado, podéis atizaros en la cabeza con ellos.

—La policía investigará la lista que Lydia me dio de la gente que estuvo en la fiesta. Si puedes identificar alguno de los perfumes que encuentre con el que oliste ayer, ya tendremos algo.

Thomas parecía preocupado.

—¿Qué pasa? —preguntó Regan.

—Esta mañana Janey tenía la nariz tapada. Tal vez debido a estar toda la tarde de ayer sentada en el suelo de una alacena helada. Después del desayuno, te tomarás un poco de vitamina C.

—No durará mucho —dijo Regan—. Con suerte, tu sentido del olfato aguantará hasta que yo vuelva.

—Haré lo que pueda —prometió Janey. Entonces, su rostro se iluminó—. Me acaba de venir a la cabeza un verso que siempre me ha gustado.

—¿Cuál? —preguntó Regan.

—Una rosa que tuviera otro nombre seguiría oliendo igual de bien.

—Muy bonito —murmuró Regan. Y entonces, pensó en el nombre del perfume que tanto la había impresionado. Inyección Letal. «Ardo en deseos de hacerme con un frasco», pensó.

60

En la comisaría del distrito 13, el detective Ronald Brier saludó a Regan como a una vieja amiga. Ella había llamado antes para saber si estaría. El *New York World* estaba sobre su mesa.

—Tengo entendido que la noche ha sido movidita.

—Oh, sí. —Regan asintió y señaló el periódico—. Espera a que esa periodista se entere de la visita de esta noche al apartamento de Nat.

—Ya lo ha hecho.

—¿Ya?

—Vino esta mañana, para informarse sobre incidentes ocurridos recientemente en Gramercy Park. Se quedó impresionada cuando leyó los informes de lo que te había pasado.

—Fantástico —dijo Regan.

—Lo sé, pero tengo una buena noticia que dar. Están analizando a marchas forzadas las huellas dactilares que descubrimos en los apartamentos de Nat Pemrod y Ben Carney.

—¿Y la caja roja donde estaban los diamantes?

Ronald negó con la cabeza.

—Están trabajando en ello, pero parece que las huellas están borrosas.

Regan sacó varias listas de su bolso.

—Éstos son los nombres de las personas que acudieron a la fiesta de solteros, los alumnos de la escuela de mayordomos y toda la gente que vive y trabaja en el club, incluida Lydia Sevatura, la propietaria de la agencia de contactos. Corrieron ciertos rumores cuando heredó todo el dinero de su vecina de Hoboken. Confío en que puedas averiguar algo.

Brier cogió la lista.

—No consta el número de la Seguridad Social ni la fecha de nacimiento de nadie, así que llevará tiempo, pero ella alquiló el apartamento del Settler's Club, de modo que podremos averiguar algo.

—Hay otros motivos para investigar esos nombres, aparte de los intentos de robo con escalo —explicó Regan—. Estoy empezando a creer que Nat Pemrod fue asesinado.

Brier la miró.

—Sé que nadie lo pensaba la otra noche, pero hay muchas cosas sospechosas. Para empezar, los diamantes propiedad de Nat y Ben han desaparecido. Después, los intentos de robo con escalo en los apartamentos de ambos. Ahora, la criada me dice que no sólo Nat no se bañaba nunca en el jacuzzi, sino que las toallas con adornos especiales que nunca utilizaba, porque pertenecían a su difunta esposa y no quería estropear, también han desaparecido.

—¿Toallas desaparecidas? —preguntó Brier.

—Según la criada, Nat se duchaba cada noche. Tal vez el asesino utilizó las toallas para secar la ducha, con el fin de que estuviera seca en el caso de que encontraran a Nat en la bañera poco después de morir.

—No descubrimos indicios de que fuera otra cosa que un accidente. Teniendo en cuenta la gente que se ha paseado por ese apartamento, incluidos nosotros, desde que encontraron muerto a Pemrod, creo que la posibilidad de encontrar pruebas materiales es nula.

—Lo sé. Vamos a ver qué nos ofrece la lista. Entretanto, voy a trabajar en un par de pistas.

61

Georgette estaba nerviosa. Blaise había ido a su escuela de mayordomos. Y ella estaría mordiéndose las uñas hasta la noche, cuando se dirigiera a la fiesta. No había dinero para ir de tiendas, y carecía de energías para repetir la ronda de las cafeterías.

La vida era un asco.

Encendió la televisión del pequeño estudio y se puso a limpiar. Ojalá hubiéramos conseguido esos diamantes, pensó. Sobre la encimera estaban las cuatro bolas de cristal que contenía la caja roja de Nat. Estuvo a punto de tirarlas a la basura, pero algo la impulsó a cogerlas y sostenerlas en la palma de la mano.

Se sentó en la cama, cerró las manos sobre las piedras y empezó a cantar. En realidad, no era cantante. Era un cántico inventado. Durante años había visitado a varias personas con poderes psíquicos, y sentía un vago interés por la clarividencia. Pensó que, si cantaba ahora, recibiría un mensaje sobre el paradero de los diamantes.

—Ummmmmmm —canturreó con los ojos cerrados—. Ummmmmm.

Hasta el momento, ningún mensaje.

Abrió los ojos y contempló las piedras. Nada. Cerró los ojos con más fuerza todavía, se reclinó hacia atrás y gritó:

—Ummmmmmmmmmmmm.

«Ummmmmmmmmm» se convirtió en «aaayyyyy» cuando se golpeó la cabeza contra la pared. Se masajeó el cráneo dolorido, cogió el osito de peluche que la había acompañado en las épocas de vacas gordas y vacas flacas (últimamente estaban muy delgadas) y lo abrazó.

—¿Qué vamos a hacer, Botón de Oro?

Sonrió cuando recordó cómo había convencido a Nat de que la llamara Botón de Oro. Era un viejecito muy agradable. Mejor que el de Florida, que se puso muy desagradable cuando la pilló robando unas joyas y llamó a la policía. Salió pitando de allí. Pero Nat era dulce. Sólo por la forma en que amaba a las ovejas significaba que tenía un buen corazón.

Georgette extendió el osito frente a sí.

—Él tenía a Dolly y Bah-Bah, y yo te tengo a ti.

El osito le devolvió la mirada. Era tan viejo que uno de los ojos había caído.

—Mi pobre bebé. —Georgette cogió una de las piedras redondas y se la encajó en el hueco. ¡Estaba mono!—. Así está mejor. Le pondré un poco de pegamento.

Se dispuso a levantarse, cuando una imagen destelló en su cerebro. Chilló otra vez, pero esta vez no era un cántico.

—¡Dolly y Bah-Bah! —gritó, mientras contemplaba las bolas de cristal—. ¡Son los ojos de Dolly y Bah-Bah! ¡Ahí están los diamantes! —Dio un puñetazo sobre la cama, y pensó en la canción favorita de Nat, «I Only Have Eyes For You»—. Es «For Ewe». Muy propio de Nat. —Corrió a buscar el móvil y llamó a Blaise. Salió el buzón de voz—. Estará aprendiendo a cambiar correctamente las bombillas, imagino —siseó. Cuando terminó su mensaje, estuvo a punto de escupir en el teléfono—. ¡Sé dónde están los diamantes! ¡Llámame antes de que sea demasiado tarde!

Thorn Darlington estaba cansado e irritable cuando bajó del avión en el aeropuerto Kennedy. Archibald había enviado un coche a buscarle. El chófer estaba esperando, con un letrero que rezaba PRIMO THORN.

Qué divertido es Archibald, pensó Thorn con sarcasmo. Se acercó al chófer.

—¿Primo Thorn? —preguntó el chófer.

—Para algunas personas. Vamos a buscar mi equipaje.

Un cuarto de hora más tarde, Thorn estaba arrellanado en el asiento trasero de una amplia limusina, camino de Manhattan.

—Chófer —dijo—, un poco de privacidad, por favor.

El chófer asintió y apretó un botón, que alzó el cristal divisorio. Thorn sacó su móvil y marcó. Como de costumbre, oyó el buzón de voz al otro extremo.

—Espero que estemos preparados para esta noche —dijo—. Estaré en casa de Archibald, al otro lado de la calle. Sus aires de superioridad son aborrecibles. Cree que he venido a celebrar el fracaso del Settler's Club gracias a él. Qué poco sabe de mis propios planes para la sede de la Escuela de Mayordomos Maldwin Feckles. ¡Llámame!

Thorn cerró el teléfono y lanzó una risita.

«Todo perfecto —pensó—. Mi familia siempre fue mucho más astuta que la del primo Archie.»

Regan consultó las Páginas Amarillas y encontró una perfumería junto a la Séptima Avenida, cerca del lugar donde se celebraba la convención de escritores de novelas policíacas, llamada « Perfumes con Personalidad». «Tenemos todas las marcas imaginables —proclamaba el anuncio—. Venga a echar un olfateo».

—Allá voy —anunció a nadie Regan.

Cogió un taxi frente al club y se encontró ante un diminuto establecimiento con numerosos frascos de perfume en el escaparate enano. Abrió la puerta y unas campanillas anunciaron su llegada.

Una mujer de unos sesenta años, con el pelo rubio platino en forma de casco, se hallaba tras un largo mostrador que había a la izquierda. Incluso desde dos metros de distancia era fácil ver que llevaba el delineador de ojos más negro que Regan hubiera visto en su vida. Vestía un mono de leopardo, y las uñas medían unos ocho centímetros. Debió de obtener el empleo cuando terminó *Cats*, pensó Regan.

Como cabía imaginar, la atmósfera estaba impregnada de olores que pugnaban por imponerse a los demás.

—Hola, cariño —dijo la mujer a Regan—. ¿En qué puedo servirte?

El nombre que constaba en su placa de identificación era SISSY.

—Hola. —Regan llevaba la lista en la mano—. Me gustaría comprar unos siete perfumes.

—Perfecto, querida. Uno para cada día de la semana.

—Exacto —dijo Regan, mientras pensaba que el acento de Sissy era de origen indeterminado—. El primero se llama Agua de Océano.

—Delicioso. Delicioso aroma natural. —Sacó un frasco del estante—. Eso para el domingo. —Sonrió—. ¿Y el lunes?

—Expreso a la Pasión.

—El mejor. ¡Podría ser demasiado para el lunes! —la mujer rió mientras lo tomaba y lo dejaba sobre el mostrador—. El siguiente.

—Gotas de Margarita.

Sissy hizo una mueca.

—¿Estás segura de que quieres ése? ¿Una chica tan bonita como tú? Es muy anticuado.

—Estoy segura —dijo Regan. Era el perfume que llevaba la señorita Snoopy. No era de extrañar que se quejara de las demás.

—De acuerdo.

Al cabo de un minuto, casi habían llenado la semana con los perfumes que Regan buscaba.

—Menuda variedad —comentó Sissy—. Es estupendo. Mantiene a un hombre alerta.

Si Jack pudiera verme ahora. Regan sonrió cuando imaginó su reacción.

—El último es Inyección Letal.

Sissy abrió los ojos de par en par, pese al peso del maquillaje, y rió.

—Eres una chica mala.

Santo Dios, pensó Regan.

—¿Tienes novio? —preguntó Sissy mientras buscaba el frasco.

Regan consideró sacrílego hablar a esta mujer de Jack. Asintió.

—Le va a encantar —susurró Sissy en tono conspiratorio—. Es muy fuerte. Muchos hombres vienen a comprarlo para sus mujeres.

Regan cogió el frasco y lo miró. Tenía la forma de una gruesa aguja negra.

Sissy sacó el tapón.

—Empujas la aguja como si estuvieras poniendo una inyección, y sale el chorro.

—Adorable —murmuró Regan—. Me pregunto a qué genio se le ocurrió la idea.

—No lo sé, pero es recientísimo.

—¿Recientísimo?

—Lo sacaron para el día de San Valentín de este año. —Sissy hizo una pausa—. ¿Qué pasa?

Regan meneó la cabeza, pensando en aquella mujer, Georgette, cuando le había dicho que su ex novio se lo había regalado. Si se lo había regalado hacía poco, ¿por qué iba a las fiestas de Lydia?

—No, nada —dijo—. ¿Cuánto te debo?

Sissy hizo la cuenta.

—Cuatrocientos doce dólares y treinta y siete centavos, impuestos incluidos —anunció con alegría, al tiempo que rasgaba la nota.

Ojalá encuentre esos diamantes, pensó Regan mientras le pasaba su tarjeta de crédito. De lo contrario, adiós dinero. Firmó el recibo y guardó la tarjeta en el billetero.

—Gracias, querida —dijo Sissy, mientras tiraba una tarjeta de la tienda dentro de la bolsa, la entregaba a Regan y guiñaba un ojo—. Vuelve pronto y dime qué día de la semana le gusta más a tu novio.

—Gracias —dijo Regan con toda la educación de que pudo hacer gala, antes de huir de la tienda.

64

Stanley estaba en su gasolinera reconvertida en apartamento, disfrutando de una mañana sensacional. Tenía el *New York World* abierto delante de él. Sus cintas de las fiestas de Lydia descansaban sobre el sofá. Maldwin había telefoneado a Stanley para informar sobre el intento de robo en el apartamento de Nat, ocurrido a altas horas de la madrugada.

—Consideré justo informarle —dijo Maldwin—. Aún espero que se concentre en la escuela de mayordomos y las fiestas de Lydia en su especial. Significa mucho para nosotros.

—Lo haré —le tranquilizó Stanley.

Ahora, sus cintas serían más valiosas que nunca. Estoy muy agradecido, pensó. He sido bendecido. ¡Tantos desastres en el club cuando él era el reportero destacado en el lugar de los hechos! Era un golpe de suerte, un golpe reservado a un muy escaso número de periodistas. Y esta noche iría a la fiesta del centenario, y volvería a grabar historia.

Era estupendo que Maldwin le hubiera escrito sobre la escuela de mayordomos. Stanley quería repasar las entrevistas que había hecho la noche anterior con los cuatro alumnos.

Introdujo la cinta en el vídeo y oprimió el botón de reproducción. El primer estudiante entrevistado era aquel espantoso Vinnie. Era incapaz de imaginar quién contrataría a Vinnie de mayordomo. Era muy poco respetuoso, y daba la impresión de que le importaba un pimiento la vida elegante. Debía estar pagando una apuesta, pensó Stanley. No lo contrataría ni para criado de la gasolinera, no digamos ya para una finca rural.

Le seguía el apuesto Blaise. Parecía una estrella de culebrones. Poseía ese aire altivo y distante acuñado por Hollywood, pensó Stanley. ¿Está actuando?

—Me gusta dedicarme en cuerpo y alma a lo que hago —dijo Blaise a la cámara—. Y sé que el trabajo de mayordomo puede ser de veinticuatro horas los siete días de la semana. Ardo en deseos de encontrar empleo.

Menudo falsario, pensó Stanley.

Apareció Harriet, con su sonrisa santurrona.

—Caramba —empezó—. Ser mayordoma siempre ha sido mi sueño, pero jamás pensé que lo conseguiría. Gracias a Dios, vivo en una época en que las mujeres han sido aceptadas por fin en las escuelas de mayordomos. Yo digo que las mujeres poseen un instinto natural para ocuparse de un hogar, y canalizaré ese instinto hacia mis devotos servicios como mayordomo. Muchíiiiiisimas gracias.

«¿Quién podría aguantar aquella beatitud tipo Pollyanna todo el tiempo? —se preguntó Stanley—. Pone de los nervios.»

Por fin estaba Albert, incapaz de borrar la expresión bobalicona de su cara.

—Me gustan las mejores cosas de la vida y sé que nunca podría permitírmelas. Así que pensé, ¿por qué no estudio para mayordomo? Estás rodeado de belleza y ayudas a cuidarla. Trabajaba en un vídeoclub, y cuando empezaron a alquilar pornografía, me dije: «¡Basta! ¡Esto es demasiado para mí!» Al día siguiente, me matriculé en la escuela de Maldwin, y lo demás es historia.

No era un grupo muy inspirador, observó Stanley. Pero con un poco de música de fondo y el montaje adecuado, podría dejar bien a Maldwin. Maldwin se lo merecía.

«Con toda la confusión del rodaje de ayer, Stanley no había gozado de muchas oportunidades de rodar el parque en su estado habitual de paz y tranquilidad. Había camiones de la productora aparcados por todas partes», pensó. Thomas había dicho que llegara pronto al club para rodar los preparativos de la fiesta. Se cambiaría en el apartamento de Thomas.

Stanley guardó las cintas y la cámara en una bolsa. Su traje oscuro estaba planchado y a punto. Esto va a ser muy emocionante, pensó.

¿Quién sabe qué dirección tomará mi especial?

65

Thomas y Janey estaban en el despacho de él, rodeados por docenas de globos flotantes. Gracias al artículo del periódico, Thomas había recibido llamadas de varios programas y agencias de noticias, solicitando sus comentarios. Algunas de las personas que habían llamado deseaban asistir a la fiesta, pero Thomas se negó en redondo. Sabía cuáles eran sus intenciones.

Dar mala fama al Settler's Club.

Había decidido que sólo autorizaría la entrada a Stanley. Si el club se iba al diablo, al menos lo haría con dignidad. El programa de sucesos había tenido la desfachatez de llamar al club y preguntar por Clara. Había puesto fin a eso de inmediato.

—Cualquier llamada para Clara ha de pasar antes por mí —ordenó a recepción.

—¿Y si llama su hermana?

—¡Sobre todo su hermana! La verborrea de esa mujer es inconmensurable.

—De acuerdo, jefe. Tenemos a la abogada del señor Pemrod en la otra línea. ¿Quiere hablar con ella?

—¡Por supuesto! Pásemela.

Katla McGlynn se había pasado por su despacho después de jugar al golf. Vivía y trabajaba en Wetchester, y había empezado a ocuparse de los asuntos legales de Nat después de comprarle un collar veinte años antes. Katla, de poco más de cincuenta años, tenía un pequeño bufete que se ocupaba de las diversas necesidades de sus clientes.

—¡Hola! —Thomas gritó por teléfono.

—¿El señor Pilsner?

—Al habla.

—Me llamo Katla McGlynn. Soy la abogada de Nat Pemrod. Acabo de enterarme de su muerte y del robo de los diamantes. Estoy muy apenada. Nat era un buen hombre.

—En efecto —admitió Thomas, mientras daba pataditas en el suelo.

—Sólo quiero informarle de que hoy he recibido una carta que Nat y Ben Carney escribieron el jueves, en la que declaran su intención de donar esos diamantes al club.

Thomas estuvo a punto de desmayarse de nuevo.

—¿De veras?

—Sí. En caso de que encuentren los diamantes, usted debería tener una copia de la carta.

—¿Conocía usted la existencia de los diamantes? —preguntó Thomas.

—No. Nat nunca me habló de ellos. Sólo bromeaba sobre sus ovejas. Dijo que adornarían la sala de recibo del club cuando él muriera. ¿Ya están ahí?

—Es una larga historia —dijo Thomas.

—Tengo tiempo. Soy su albacea testamentaria. Quiero que sus deseos se cumplan.

—Vino ayer una productora cinematográfica...

—Lo he leído.

—Bien, por lo visto utilizaron las ovejas en una escena y se las llevaron a la siguiente localización sin mi permiso. Las devolverán esta noche.

—Eso espero. Un hombre capaz de donar un obsequio tan generoso merece que sus deseos se cumplan, pase lo que pase.

—No podría estar más de acuerdo —dijo Thomas.

—Vendré el lunes para empezar a ocuparme de todo. —Dio a Thomas su número—. Llámeme si necesita algo antes.

—De acuerdo.

En cuanto Thomas colgó, el teléfono volvió a sonar.

—Es Daphne, que llama desde el plató.

—¡Pásamela!

—Thomas, soy Daphne.

—¡Tráeme las ovejas ahora mismo!

—¡Tengo grandes noticias! ¡La productora quiere comprar las ovejas!

—¡No!

—Por favor.

—¡No!

—Están dispuestos a pagar un montón de dinero.

—Ni siquiera quiero saber cuánto. La abogada de Nat acaba de llamar. Quería asegurarse de que Dolly y Bah-Bah estaban donde Nat quería que estuvieran. Y ese lugar es la sala de recibo de su hogar, el Settler's Club.

—Pero Nat lo habría querido así. Yo siempre fui muy buena con él después de la muerte de Wendy. Si el Settler's Club ha de cerrar, no nos beneficiará en nada.

—De ninguna manera. Tengo la intención de ir ahora mismo a ese plató y recogerlas. ¿Dónde estás?

Daphne colgó.

66

En el hotel Paisley, las sesiones matutinas de la convención de escritores de novelas policíacas estaban terminando. Kyle Fleming, el agente del FBI de Florida, había pronunciado el día antes una conferencia tan informativa como amena sobre timadores, que le habían pedido sustituir a otro orador que había cancelado su aparición en el último momento. Fleming siempre había estado fascinado por la cantidad de maleantes que campaban a sus anchas por el mundo.

—Granujas a lo grande, granujas de medio pelo, todos se mueren por apoderarse del dinero ajeno —había dicho—. Algunos harán casi cualquier cosa por obtenerlo. Los ejemplares que me interesan no son los que entran por una ventana y les limpian la casa. Cualquiera puede intentarlo. Cualquiera puede robarles el bolso cuando dan la espalda en el aeropuerto. Son los ladrones que se ganan su confianza, y luego los esquilman. Eso es lo que más duele. Muchos se salen con la suya porque la gente se siente demasiado avergonzada para contar su historia.

»Hay toda clase de estafadores, y muchos dominan el arte de cambiar de apariencia para no ser detectados con tanta facilidad. Van de un lado para otro, limpian a su víctima y desaparecen. Por eso es tan difícil atraparlos.

»Aquí hay algunos de mis favoritos...

Mostró diapositivas de varias personas y habló de cada una.

—Este persuasivo caballero tenía varias esposas, que no se conocían entre sí, como es natural. Las aliviaba de sus ahorros y rompía sus corazones. Tal vez no tenga aspecto de Romeo, pero no cabe duda de que tenía algo...

»Esta pareja aterrizaba en grandes ciudades, creaba una imagen de éxito a base de dar suntuosas fiestas, a las cuales invitaban a gente que apenas conocían. Después, conseguían que algunas de estas personas, impresionadas por aquel despliegue, invirtieran en sus farsas...

Los miembros del público hicieron tantas preguntas que Fleming no pasó todas las diapositivas. Estaba a punto de proyectar la foto de Georgette Hugues en la pantalla, cuando consultó su reloj.

—La siguiente es una ladrona especialista en cambiar de imagen, pero creo que merece diez minutos, y nuestro tiempo está a punto de acabar.

La multitud gruñó.

Nora se puso en pie.

—Estoy segura de que todos desearíamos que Kyle continuara. Desde luego, espero tenerle con nosotros el año que viene.

La multitud aplaudió entusiasmada cuando Nora se acercó a estrechar la mano de Kyle.

—¿Estás libre esta noche, Kyle? He invitado a varias personas a la fiesta del Settler's Club. Celebran su centenario. Después, iremos a cenar.

—Gracias, Nora. Intentaré pasarme. Pero ya tengo planes.

67

Regan pasó ante el hotel Paisley y vaciló. Le habría gustado entrar a saludar a su madre y a toda la gente que conocía. Sólo había podido verlos en la fiesta de inauguración, y tenía la impresión de que habían transcurrido semanas.

»Es preferible que no tarde —pensó Regan—. Tengo que regresar cuanto antes.»

Paró a un taxi, y un cuarto de hora después estaba en el club.

—Señorita Reilly —la saludó el guardia—. Clara la está buscando.

El corazón de Regan se aceleró.

—¿Dónde está?

—En la sala de recibo.

Regan subió corriendo la escalera. Clara estaba junto a la chimenea, sacando brillo a los atizadores y las palas, que sólo eran de adorno. Desde que habían estado a punto de ahogarse por culpa de un tiro defectuoso, los troncos falsos estaban a la orden del día.

Cuando Clara vio a Regan, los ojos se le salieron de las órbitas y dejó caer la pala que estaba limpiando. El ruido se oyó al otro lado del parque.

—¡Regan! —exclamó, mientras se agachaba para recogerla.

—¿Te encuentras bien?

—He de hablar con usted en privado —susurró Clara.

Subieron al apartamento de Nat sin cruzarse con nadie. Clara cerró la puerta y corrió a la cocina.

—¡Mire lo que he encontrado! —gritó.

En el suelo de la cocina había una bolsa de basura. Clara la abrió y sacó una toalla húmeda.

—¡Las toallas de Wendy! —chilló, mientras dejaba la primera sobre la encimera y sacaba la segunda—. Qué pena. Huelen mal por haber estado encerradas en esta bolsa.

—¿Dónde las has encontrado? —preguntó Regan al instante.

—En el contenedor de atrás.

—Creo que me dijiste que vaciaban el contenedor los viernes.

—¡Y así es! El que las dejó debió tirarlas ayer en el contenedor, después de que los basureros se marcharan.

—De modo que pudo ser ayer por la noche o esta mañana.

—Ajá —asintió Clara, y después, casi como si tuviera el piloto automático conectado, añadió—: Es una pena. Se han estropeado. Apestan, y un par de adornos con ovejas han desaparecido. ¿De qué sirven las toallas sin ellos? Y esta bolsa debe ser de Nat. Le dije el jueves que comprara más, que sólo quedaba una. ¡Mire! —Abrió el armarito y sacó con aire triunfal una caja vacía con el dibujo de un cubo de basura—. ¡No queda ni una!

—Clara, ¿registraste el contenedor de basura? —preguntó Regan con incredulidad.

Una expresión de culpabilidad apareció en la cara de Clara.

—Estaba tan nerviosa, que a la hora del descanso salí por la puerta de atrás para fumar. ¡Lo he dejado al menos diez veces! En cualquier caso, uno de los camareros salió para tirar basura, y cuando abrió el contenedor, vi el color melocotón por un roto de la bolsa.

—¿Y registraste el contenedor?

—Usted me dijo que fuera discreta, de modo que esperé hasta que el camarero volvió a entrar. Cuando vi que eran las toallas de Wendy, corrí a buscar una bolsa de lavandería para tirarlo todo dentro y subirlo.

—Eres asombrosa, Clara.

—Gracias, Regan. Pero...

—Sí, Clara.

—Estoy un poco asustada.

Regan y Clara contemplaron las toallas empapadas que Nat y Wendy tanto habían estimado. Toallas que, sin duda, habrían sido utilizadas para disimular el asesinato de Nat.

68

Cuando Daphne colgó el teléfono, tenía miedo de decirle a Jacques que Thomas no le vendería las ovejas. Sé buena actriz, se dijo. Eso es lo que cuenta.

Se acercó con pasitos cortos a donde Jacques había plantado su silla de director. La boquilla colgaba de su boca, y se tocaba con la boina negra.

—¿Y bien?

Daphne rió como si nada en el mundo la preocupara.

—Resulta, Jacques, que las ovejas tienen un significado muy profundo para el club.

—¿Qué quiere decir «un significado muy profundo»?

—Me refiero a que constituyen una parte importante de la historia del club, y no están interesados en venderlas.

Jacques se quitó la boquilla de la boca.

—¿Es que no quieres actuar en mis películas? ¿De protagonista?

—Pues claro que sí, Jacques. Es un privilegio trabajar contigo.

—Esas ovejas son mágicas —dijo Jacques, al tiempo que señalaba a Dolly y Bah-Bah—. No sé qué es, pero tienen algo especial. ¡Y las quiero! ¡Las quiero, las quiero, QUIERO ESAS OVEJAS! Y tú eres la única que puede conseguirlo. ¡Así que hazlo! Diles que les daré cincuenta mil dólares. —Se volvió y agitó una mano—. Coge un cheque y llévatelo. ¡Procura que acepten!

Un momento después, Daphne cogió un cheque garrapateado a toda prisa, bajó corriendo la escalera y marchó como una tromba hacia el club, como si le fuera en ello la vida.

—Ahora podéis ir a comer —anunció Maldwin a su grupo de cuatro.

—¡Gracias! —dijo con júbilo Harriet—. ¿Alguien quiere que le traiga un bocadillo de la charcutería?

—No —dijo Albert.

—Na —coreó Vinnie.

—Yo no tengo mucha hambre —dijo Blaise con la mayor cortesía posible. Ardía en deseos de retorcerle el cuello a Harriet. Era como el crío del colegio que siempre recordaba al profesor que les diera deberes.

—De acuerdo —dijo Harriet, y arrugó su naricita respingona—. Madlwin, volveré dentro de unos minutos y haré cualquier trabajo extra que sea necesario en el apartamento.

—Tómate toda la hora —la apremió Maldwin. «Hazme un favor —pensó—. Haznos a todos un favor.»

—Vamos a tomar una cerveza —susurró Vinnie a Albert—. Va a ser un día muy largo.

—Buena idea.

Blaise se acercó a Maldwin.

—¿Podría dejarme la llave del parque? Quiero tomar un poco el aire.

—Hace frío —resopló Maldwin.

Blaise sonrió.

—Tengo un gorro.

Maldwin se encogió de hombros.

—¿Por qué no?

Entró en la cocina y recuperó la llave que sólo se entregaba a los residentes de Gramercy Park. Cada año se cambiaba la cerradura, y los residentes tenían que pagar la llave nueva. En un día frío como el de hoy no habría casi nadie, de modo que ¿quién iba a quejarse de que un no residente invadiera el parque?

—Disfruta del aire fresco —dijo, y dio la llave a Blaise.

Blaise se encaminó al parque y abrió la cancela. Empezaba a experimentar aquella sensación de claustrofobia que siempre le asaltaba cuando las cosas se ponían feas. El día era gris y frío, pero necesitaba salir. Quiero volver a Florida, pensó, metió la mano en el bolsillo del abrigo y sacó el gorro de lana que utilizaba cuando iba a esquiar. Miró a su alrededor y se lo encasquetó en la cabeza. No había nadie en el parque.

Se sentó en el primer banco y volvió a meter la mano en el bolsillo, esta vez para sacar el móvil. Lo abrió y vio que tenía un mensaje. Debía ser Georgette con una nueva queja, pensó. Tecleó su código, y cuando oyó la noticia se puso en pie de un salto. Empezó a pasear como un poseso mientras marcaba el número de Georgette.

—¿Dónde están? —gritó cuando ella contestó.

—¡En los ojos de las ovejas!

—¿De qué estás hablando?

—Estaba sentada aquí con Botón de Oro, sintiendo lástima de mí, y entonces me recliné y...

—¡Ve al grano!

—El grano es que los diamantes están en esas dos ovejas disecadas que Nat tenía en su sala de estar. Estas bolas de cristal estaban en sus ojos. Las debió cambiar.

—Qué locura.

—Dímelo a mí.

—Espera un momento. ¿En qué lugar de la sala de estar están las ovejas?

—Justo delante de la ventana.

—No.

—Sí.

—No, mi pequeño Botón de Oro —repitió con sarcasmo Blaise—. Anoche no estaban ahí.

—Bien, ¿y dónde están?

—¿Cómo quieres que lo sepa?

Georgette se puso a llorar.

—Me siento como la tonta del pueblo.

Blaise se reclinó en el banco.

—Sí, bien, pero sus ovejas no valían millones.

El comentario provocó que Georgette insistiera en sus sollozos.

—Escucha —dijo Blaise en tono consolador—, volveré ahí dentro y haré todo lo que pueda por averiguar adónde han ido a parar. —No quería que Georgette se desmoronara—. Sécate los ojos y vístete para esta noche. Porque cuando nos vayamos de la fiesta, algo me dice que seremos millonarios. Sería mejor que metieras la pistola en el bolso.

—De acuerdo —dijo Georgette, nerviosa—. Supongo que podríamos necesitarla.

—La necesitaremos si alguien intenta detenernos. —Cuando colgó, Blaise puso los ojos en blanco—. Conque tonta del pueblo, ¿eh? —dijo en voz alta.

No sabía que Stanley se había parado ante la cancela y lo estaba filmando.

70

Jack se sintió aliviado cuando el avión despegó con destino a Nueva York. Ya es hora de volver, se dijo. Ya es hora de volver.

No podía apartar de su mente a Thorn Darlington. Había averiguado justo antes de subir al avión que Darlington también se dirigía a Nueva York, y se alojaría con unos parientes en Gramercy Park. Demasiado cerca para sentirnos cómodos, pensó. Llamó a Regan una vez más para comunicárselo.

Aceptó una copa de la azafata y se reclinó en el asiento. Repiqueteó con los dedos sobre la bandeja, introdujo la mano en su bolsa, sacó una libreta y un bolígrafo. Quería confeccionar una lista de las cosas que debían hacerse.

Pero era difícil concentrarse. Todos sus instintos le decían que más problemas esperaban al Settler's Club.

En silencio, Jack rezó para que el avión volara más rápido.

71

Archibald, Vernella y el primo Thorn habían estado comiendo en una mesa con ruedas junto a la ventana de la sala de estar, cuando observaron que Blaise salía del Settler's Club y entraba en el parque. Como los Enders se las habían apañado para conocer los nombres y los rostros de todos los que tenían llave del parque, se sintieron indignados al instante.

—¿Lo ves? —gimió Archibald a Thorn, que se estaba sirviendo otra porción de tarta—. El Settler's Club deja que cualquiera utilice el parque. Fíjate en ese hombre del gorro naranja, que gesticula como un loco. Parece un demente. ¡Voy a ponerme el abrigo y saldré a decirle un par de cosas!

—Buenísimo —dijo Thorn, y chasqueó los labios.

—Nosotros te miraremos, querido —dijo Vernella, muy complacida.

Archibald se puso el abrigo y el sombrero de copa, agarró su bastón y salió por la puerta principal. Parecía un hombre que fuera a dar su paseo matutino.

—Esto es como teatro en vivo —dijo Vernella, mientras sus ojos seguían a Archibald, que se acercaba al parque y plantaba cara al hombre del gorro, que había tenido la insolencia de dejar entrar en el parque a otro hombre armado con una cámara de vídeo.

Cuatro minutos más tarde, Archibald volvió a entrar en la sala de estar.

—Primo Thorn, tengo buenas noticias. Ese lamentable individuo es uno de los alumnos de Maldwin.

—¡Uno de los alumnos de Maldwin! —coreó Thorn—. Eso demuestra el calibre de sus estudiantes, ¿verdad? ¡No hay competencia posible!

—Esto se merece una copa de jerez —gritó Vernella.

—No sé si deberíamos celebrarlo tan pronto —dijo Thorn, nervioso—. Quizá tardemos un tiempo en desalojar a esa escuela de mayordomos. No vamos a estropear nuestros planes.

—Créeme, primo, podemos celebrarlo —afirmó Archibald—. Gracias a la publicidad negativa, nadie querrá ingresar en el club. Seré el dueño de ese edificio antes de que los árboles florezcan. ¡Saca el jerez!

Vernella corrió al aparador y sacó tres copitas. Archibald abrió su botella favorita y sirvió el jerez con gran ceremonia.

—Propongo un brindis.

—Adelante, cariño —le animó Vernella.

—Por el fin de la vulgaridad en Gramercy Park y la caída del Settler's Club. Que sea pronta y definitiva.

Entrechocaron los vasos.

«Ya puedes creerlo —pensó Thorn—. No sabes cuán pronta y definitiva será.» Miró al otro lado de la calle e imaginó los vehículos de emergencias con las luces destellantes que esta noche correrían hacia el Settler's Club.

Se moría de impaciencia.

Regan había alineado los siete frascos de perfume sobre el escritorio de Thomas. Janey estaba sentada con los ojos cerrados, de espaldas. Regan no quería que se dejara influir por los nombres o el frasco, y quería que se concentrara por completo en su sentido del olfato.

—¿Preparada? —preguntó Regan.

—Preparada.

Thomas estaba sentado en el rincón, y se mordía las uñas. Era una costumbre que había desarrollado desde el día anterior.

Regan cogió el frasco de Gotas de Margarita y roció una hoja de papel. «No nos precipitemos —pensó—. Un perfume improbable para un criminal, pero nunca se sabe.» Acercó el papel a la nariz de Janey.

—Es muy bueno —suspiró Janey—. ¿Podré quedarme con el frasco cuando hayamos terminado?

—¿Por qué no? Supongo que no es el que estamos buscando.

—No.

Janey se sentó un poco más erguida y se secó la nariz con un pañuelo de papel.

Regan roció con Agua de Océano una hoja y la alzó.

—De ninguna manera —dijo Janey.

Regan había tenido miedo de utilizar Inyección Letal porque, en el fondo de su corazón, sabía que era el candidato más plausible, y no quería recibir una negativa. Al fin y al cabo, Georgette le había mentido. Si su novio le había regalado el perfume, tenía que haber sido en fecha reciente. ¿De veras había roto con su novio? Si no, ¿qué estaba haciendo en las fiestas de solteros?

Regan cogió el frasco, apretó la aguja, que liberó el chorro, y apenas sostuvo el papel bajo la nariz de Janey, cuando ésta gritó:

—¡Ése es! ¡Ése es el perfume que llevaba la mujer!

Thomas saltó de la silla, y los dos se fundieron en otro abrazo, similar al que tuvo lugar cuando el día antes habían liberado a Janey de la despensa.

—Sabía que lo conseguirías —gritó Thomas—. Estoy muy orgulloso de ti.

Regan miró los cuatro frascos que aún no había abierto. ¿Podría devolverlos? Probablemente no, pensó con ironía. Había quitado los envoltorios. Carraspeó.

—Voy a hablar con Lydia —anunció a la pareja, que por fin había interrumpido su abrazo. «Y después llamaré a Ronald Brier —pensó—. Para averiguar si sabe algo de Georgette.»

—He de hablar con Lydia y con usted —dijo Regan a Maldwin cuando éste abrió la puerta—. En privado.

—La señorita Lydia está descansando con vistas a la noche.

—Es importante.

Maldwin adivinó por su tono que hablaba en serio.

—Muy bien —dijo, y la condujo hasta la sala de estar—. Enseguida vuelvo.

Regan se sentó y echó un vistazo a los muebles nuevos de Lydia. Estaban aquí porque había heredado dinero de una vecina anciana. He de llamar a esos directores de funerarias de los que papá me habló, pensó Regan.

Momentos después, Lydia entró en la sala de estar, con apariencia tensa. Maldwin la seguía.

—Hola, Regan —dijo Lydia.

—¿Te encuentras bien, Lydia? —preguntó Regan.

—Estoy preocupada por esta noche, simplemente. Toda esta publicidad negativa no ayuda. —No mencionó que había recibido otra llamada de Burkhard, quien le había solicitado un baile. Su tono amenazador le puso la piel de gallina—. Quiero que salga bien —añadió.

—Todos lo queremos —dijo Regan.

Maldwin parecía inquieto. Lo último que necesitaba era una discusión.

—He asignado a mis estudiantes la tarea de ordenar los armarios de la cocina —dijo a Regan—. Así estaremos solos.

—Gracias —dijo Regan—. Bien, un par de cosas. ¿Conoce a Thorn Darlington, Maldwin?

Maldwin palideció.

—Sí.

—Un amigo mío estaba en Londres. Por lo visto, Thorn viene a Nueva York. Por algún motivo que ignoro.

—Para destruirme, probablemente —dijo Maldwin—. Es un hombre malvado.

—Se va a alojar en Gramercy Park.

Maldwin tragó saliva.

—¿Qué buenas noticias tienes para mí, Regan? —preguntó Lydia en tono cortante.

—Quería preguntarte acerca de esa tal Georgette que viene a tus fiestas. ¿Qué sabes de ella?

Lydia se inclinó hacia delante y apoyó la cabeza en las manos.

—No me digas que no es una soltera de calidad.

—Hay algo extraño en ella —intervino Maldwin, aliviado por hablar de los problemas de otras personas.

—¿Qué quiere decir? —preguntó Regan.

—Durante las fiestas entraba en la cocina, cogía un montón de pinchitos de dátil y beicon, y cinco minutos después se iba.

El mentón de Regan se tensó. Había encontrado pinchitos de dátil y beicon en el cubo de la basura de Nat.

—Pero acudía a todas las fiestas —contraatacó Lydia—. Aunque sólo fuera un rato.

Y después desaparecía al otro lado del pasillo, pensó Regan. Cada vez parece más claro que es nuestro Botón de Oro.

—No tendrás su dirección, ¿verdad? —preguntó a Lydia.

—No me la dio. Valoro la privacidad de mis solteros, así que no insistí.

—¿Sabes si vendrá esta noche? —preguntó Regan.

—Me dijo que vendría —contestó Lydia.

Blaise estaba de pie en el vestíbulo, escuchando. Oh, ya lo creo que vendrá, pensó. Vendrá, pero como otra persona.

A la vuelta de la esquina, otro de los alumnos también había estado escuchando. Espera a que Thorn se entere de esto, pensó.

74

—¡De ninguna manera! —gritó Thomas—. ¡Daphne, has de devolver las ovejas esta noche!

Daphne estaba parada en la puerta del despacho. Entró, apartó unos globos de una silla y se sentó.

—¡Thomas, por favor! ¡Te traigo un cheque por cincuenta mil dólares!

—No puedo aceptarlo. Los huesos de Nat se removerían en su tumba.

—¡Pero significa mucho para mí y para mi carrera! Además, el club necesita el dinero. ¡Nat me debe eso!

—¡La respuesta es no, Daphne! Esas ovejas han estado aquí durante años, éste es su hogar. El deseo de Wendy y Nat era que se quedaran. Si el club cierra, la productora podrá quedarse con ellas, pero de momento su hogar está aquí.

—¡Cincuenta mil dólares, Thomas!

—Ese dinero no va a influir en el futuro del club. Quiero que devuelvas esas ovejas a su casa. Tienen que estar cuando empiece la fiesta, que es a las siete de la tarde.

Daphne salió como una exhalación, con lágrimas en los ojos. Casi se llevó por delante a Blaise en el pasillo.

—Perdón —musitó, y se alejó a toda prisa.

—Blaise —llamó Thomas.

—Sí, señor —dijo Blaise, y apareció en el umbral.

—He recibido una llamada de nuestros vecinos chiflados, quejándose de que Maldwin te dio la llave del parque. Lo siento, pero no está permitido.

Blaise sonrió de buena gana.

—Le prometo que no volverá a pasar nunca más.

Aunque Thomas había sido muy comprensivo, Janey se sentía fatal por lo que había hecho. En el esquema global de las cosas, supongo que no está tan mal, pensó. Pero hoy imaginaba que todo el mundo estaba hablando de ella: la mujer que está a la altura de los profanadores de tumbas.

En el lavabo de señoras del primer piso del club, contempló su reflejo en el espejo. «He de redimirme —pensó—. Pero ¿cómo?» Había dicho a Thomas que iba a casa a recoger los pasteles y las tartas que había preparado para la noche. «Aunque a estas alturas estarán pasados», pensó con una punzada de culpabilidad. Se peinó, cogió el abrigo y el bolso y abrió la puerta, justo a tiempo de ver pasar a Daphne como una tromba.

—¿Cuándo va a devolver las ovejas? —preguntó el guardia a Daphne.

—Cuando esté preparada —gritó la mujer.

Janey frunció el ceño y vio que Daphne salía por la puerta.

El guardia meneó la cabeza y miró a Janey.

—Será mejor que las devuelva hoy. Thomas las quiere para la fiesta.

Janey vio por el cristal de la puerta principal que Daphne subía a un taxi. Ésta es mi ocasión de redimirme, pensó

Janey, y corrió afuera. Otro taxi acababa de dejar a un cliente en el edificio contiguo. Janey se precipitó al asiento trasero y gritó:

—¡Siga a ese taxi!

76

Regan volvió al apartamento de Nat, se sentó en el sofá de la sala de estar, contenta de disfrutar de unos momentos de tranquilidad, y encendió una lamparilla de mesa. Sólo eran las tres de la tarde, pero la habitación parecía oscura y gris. Era la clase de habitación que, según el día, invitaba a arrellanarse con un buen libro, una taza de té y una manta. Hasta puede que a echar una siesta. Pero no después de lo de anoche. Regan se estremeció. O la noche anterior. Regan no tenía ganas de cerrar los ojos en aquel apartamento. Ni siquiera quería parpadear.

Clara había devuelto todos los libros a las estanterías. El espacio situado frente a la ventana que antes ocupaban las ovejas estaba vacío. Thomas había dicho que Nat y Wendy solían gastar la broma de que Dolly y Bah-Bah eran como sus hijos. Ocupaban un lugar de honor en esta sala, pensó Regan, la sala donde los «Naipes» se reunían para jugar a cartas.

Thomas también había comentado que Nat y Ben le habían dicho que sacaban los diamantes de la caja fuerte durante cada partida y se divertían con ellos. «¿De qué sirve tener unos diamantes valiosos durante años si no los disfrutas de alguna manera?», habían explicado. «¿Qué se podría hacer con ellos que fuera tan divertido?», se preguntó Regan.

Descolgó el teléfono y llamó al detective Ronald Brier. Cuando el hombre contestó, le habló de las toallas y el perfume.

—¿Quién llevaba el perfume? —preguntó Ronald.

—Georgette Hughes.

—No tendrás su dirección, supongo.

—Has supuesto bien.

—Y ninguna de las personas que van a esas fiestas dio la fecha de nacimiento, claro.

—Es un grupo de solteros —indicó Regan.

Brier consultó su lista.

—No tenemos antecedentes de ella. Fue fácil investigar a los empleados del club, porque teníamos el número de la Seguridad Social y la fecha de nacimiento de todos. Pero los demás son mucho más difíciles.

—De acuerdo —dijo Regan—. Georgette vendrá a la fiesta de esta noche. Veré si puedo averiguar algo.

—El lunes vuelves a California, ¿verdad?

—Sí, y temo que marcharé sin haber sido de mucha ayuda en este caso. Es muy frustrante.

—Seguiremos investigando —la tranquilizó Brier—. Las huellas exigen tiempo, y seguiremos cualquier pista que nos proporcionen estas listas.

—Ronald —empezó Regan.

—¿Sí?

—¿Descubriste algo sobre Lydia, la propietaria de la agencia de contactos?

Brier tamborileó con el bolígrafo sobre el escritorio.

—Poca cosa. Llamé a la empresa de pompas fúnebres. Estoy seguro de que conoces bien su funcionamiento, porque tu padre es del gremio. Cuando alguien muere, siempre corren habladurías. Por lo visto, Lydia vivía justo delante de esta mujer, la señora Cerencioni. Le llevaba comida, hacía recados, todo eso. Lydia le decía en broma que deberían buscarse las dos un marido rico. El policía que llegó al piso de la señora

Cerencioni cuando ésta murió dijo que Lydia estaba muy apenada. Eran los vecinos del edificio los que decían cosas desagradables. —Brier rió—. Creo que estaban celosos porque la vieja no les había dejado a ellos el dinero.

—¿Eso fue todo?

—Nunca se sabe, Regan. Tal vez tenía un motivo para ser tan amable, pero nadie sospechaba que la anciana tuviera tanto dinero. ¿Qué sé yo? Tal vez Lydia lo había descubierto de alguna manera y había puesto los ojos en la olla de oro que hay al final del arco iris, como suele decirse. La señora Cerencioni no tenía parientes.

«Creo que no hará falta que llame a los Connolly», pensó Regan.

—Por cierto —dijo—, ¿de qué murió la señora Cerencioni?

—Se cayó en la bañera.

«Ah, fantástico —pensó Regan—. Fantástico.»

77

Janey se sentía pletórica de energías. «Voy a devolver esas ovejas al club —pensó—. Y punto.»

Desde el asiento trasero ordenó al conductor que cambiara de carril en varias ocasiones.

—De acuerdo, señora, de acuerdo —gritó el conductor, mientras chasqueaba los dedos siguiendo el ritmo de la música de la radio.

En una calle del centro muy necesitada de una rehabilitación urgente, el taxi de Janey frenó detrás del de Daphne. Janey arrojó unos cuantos billetes al conductor y salió del vehículo. Consiguió llegar a la puerta que Daphne acababa de cruzar antes de que se cerrara. Daphne subió corriendo la escalera hasta el segundo piso.

Se mueve con rapidez, pensó Janey. Pero yo también. Corrió tras ella y la alcanzó en el rellano.

—¡Daphne! —gritó Janey.

Daphne giró en redondo, echando chispas por los ojos.

—¿Qué quieres, ladronzuela de comida?

—Haré como que no te he oído —dijo Janey—. Ya sabes para qué he venido. Dolly y Bah-Bah. Es hora de que vuelvan a casa.

—Mi carrera quedará arruinada si se van —insistió Daphne.

—Bien, creo que mi carrera tampoco está pasando por un buen momento —contestó Janey—. Todos los neoyorquinos saben que si mueren antes de consumir mi comida, volveré para recuperarla. ¿Crees que lo llevo bien?

—Es culpa tuya, por perezosa —replicó Daphne.

—Una vez más, pondré la otra mejilla, pero entraré contigo para llevarme las ovejas.

Daphne tocó el timbre, y un ayudante la dejó entrar. Pumpkin estaba sola en mitad del plató, estirando los miembros y emitiendo ruidos guturales, en preparación para la siguiente escena. Janey vio que Dolly y Bah-Bah estaban colocadas bajo los focos. Parecía que las habían peinado, cepillado y esponjado.

—¡Has vuelto! —gritó Jacques a Daphne—. ¿Quién te acompaña?

—Hola, señor —saludó Janey—. Soy del Settler's Club, y he venido a buscar las ovejas.

—¿Cómo? —tronó Jacques.

—No pude convencerlos —se disculpó Daphne—. Lo siento.

Jacques meneó la cabeza.

—¡Pues lárgate! ¡Y usted también! ¡Arruine mi película! ¡Lléveselas! Ya encontraré otras.

—¿Me estás despidiendo? —preguntó Daphne.

—Creo que podríamos decirlo así.

Mientras Daphne cogía la ropa que había traído por la mañana, Janey corrió y agarró a Dolly. Uno de los ojos de Dolly cayó al suelo. Lo recogió al instante y lo encajó en su sitio, pero observó que también faltaba el otro. Miró a Bah-Bah y levantó la lana de su cara. También se había convertido en un monstruo tuerto.

—¡Dése prisa! —ordenó Jacques—. ¡Lárguense! ¡Su visión me resulta insoportable!

Janey se puso a buscar en el suelo el ojo perdido.

—¡Muévanse! —gritó Jacques.

—Faltan dos ojos —explicó Janey—. ¡He de encontrar los dos!

—Ya los buscará en otro momento. He de rodar mi película.

Las energías de Janey seguían intactas.

—¡No me iré hasta que encuentre los ojos!

—¡Ayudadla a encontrar los ojos! —chilló Jacques. Al momento, varios ayudantes se pusieron a gatas y colaboraron en la búsqueda.

—Cuánto polvo hay aquí —murmuró uno.

—Le concedo medio minuto —clamó Jacques—. El tiempo es dinero.

—¡He encontrado uno! —gritó un ayudante desde un rincón—. ¡Debajo de la estufa!

—¡Y yo he encontrado el otro!

Los dos ayudantes se acercaron a Janey desde direcciones diferentes y le dieron los ojos.

—¡LÁRGUESE!

Janey guardó las piedras en el bolsillo del abrigo y agarró a Dolly por debajo del estómago. Se volvió y llamó a Daphne, pero ya se había ido.

—¿Alguien me puede ayudar a bajar la otra? —preguntó Janey—. Me sentiría muy agradecida.

Al menos seis ayudantes se precipitaron en su ayuda. Janey estuvo en la calle al cabo de dos minutos, con Dolly y Bah-Bah a su lado. No se veían ni taxis ni coches.

—Tendré que llamar a un servicio de alquiler de coches.

Sus energías seguían en un momento álgido.

—Tengo dos pasajeros muy importantes —dijo al servicio de alquiler de coches—. Quiero una limusina. ¡Y muy larga!

78

Una actividad frenética tenía lugar en el club. Stanley había encendido su fiel cámara, seguía al personal y los estudiantes de mayordomo mientras escupían y pulían, colocaban flores recién cortadas en las salas del primer piso, donde se celebraría la fiesta, preparaban platos en la cocina y disponían las mesas del buffet. Habían limpiado y abrillantado toda la zona de la planta baja. Clara había trabajado como una loca todo el día, y estaba agotada.

—Clara —dijo Thomas—, ¿por qué no te quedas a la fiesta de esta noche?

—¿A trabajar, quiere decir? —preguntó la mujer con incredulidad.

—No, a divertirte.

—Eso es diferente.

—¿Tienes algo que ponerte?

—Guardo un vestido y un par de zapatos bonitos en mi taquilla, porque a veces mi hermana consigue entradas a mitad de precio para el teatro en el último momento, y siempre me gusta estar preparada, por si acaso...

—Muy bien —la interrumpió Thomas—. Si te apetece una siesta, ve a mi despacho y acuéstate en el sofá.

—¿Se encuentra bien? —preguntó Clara con suspicacia.

—Más que bien —replicó Thomas—. He decidido que, puestos a morir, vamos a disfrutar de nuestros últimos momentos.

Clara compuso una expresión pensativa.

—Es como en esas películas en que te mueres, resucitas y te lo pasas mucho mejor.

—Algo así. —Thomas miró por la ventana delantera del club—. Oh, Dios mío.

Clara siguió su mirada.

—¡Las ovejas están saliendo de una limusina con Janey!

—Ahora comprenderás por qué me enamoré de ella —dijo con ternura Thomas.

—Bien, si tanto la quiere, vaya a ayudarla.

Stanley apareció detrás de ellos.

—¿Qué pasa? —preguntó.

—Las ovejas de Nat y Wendy vuelven —anunció Thomas, mientras salía corriendo.

—¡Me encanta esta escena! —gritó Stanley, al tiempo que filmaba la limusina y las ovejas, que eran transportadas hasta el umbral del club—. Estoy seguro de que podré utilizarla en mi reportaje.

Thomas y Janey cargaron las ovejas hasta la sala de recibo, y la cámara de Stanley siguió cada movimiento.

—Thomas, si estas ovejas son tan importantes, deberíamos hacer algo grandioso con ellas —sugirió—. Sería estupendo para el reportaje.

—¿Qué podríamos hacer? —preguntó Thomas—. Iba a colocarlas delante de la chimenea.

Stanley negó con la cabeza y paseó la vista a su alrededor.

—¿Por qué no las ponemos sobre una plataforma, al lado de la ventana? Quedaría magnífico. ¿Sabes que algunos restaurantes tienen toda clase de animales disecados colgando en las paredes? Las dos ovejas podrían ser como dos guardias del palacio de Buckingham, pero son las guardianas del Settler's Club. Si están aupadas así, se verán desde la calle.

—Eso suena estupendo —dijo Janey—. Podríamos colocar la tarta de aniversario sobre una mesa, entre ellas.

—Tú sí que eres estupenda —declaró Thomas—. Tú las has devuelto.

Clara puso los ojos en blanco.

—¿Quién va a construir la plataforma? —preguntó a Stanley.

—Yo convertí una gasolinera en un hogar. Yo lo haré.

—Thomas, voy corriendo a mi apartamento a por los pasteles y las tartas —dijo Janey.

—Si llama la señora Buckland, haz el favor de no contestar al teléfono —contestó Thomas.

Janey rió y salió de la sala. Los ojos de las ovejas repiqueteaban en el bolsillo de su abrigo.

—Sé cómo construir esa plataforma, Thomas —dijo Stanley.

—¿Quieres que te ayude algún criado? —preguntó Thomas.

—No, yo le ayudaré —intervino Clara—. Esto será divertido.

79

A las siete menos cuarto, el Settler's Club estaba preparado para lo que podía ser su canto del cisne. Dolly y Bah-Bah se hallaban sobre una plataforma decorada vistosamente ante la ventana del club, y la gran tarta de aniversario, con todos sus adornos, cintas y velas, se alzaba con orgullo entre ellas. Los camareros estaban en la cocina, dando los últimos toques a las bandejas de canapés. Maldwin se dedicaba a repasar ciertas normas de etiqueta con sus estudiantes, erguidos a su alrededor con el uniforme de gala. Sostenían bandejas de plata que pronto se llenarían de bebidas. Sonaba música clásica en la cadena estéreo, falsos fuegos lamían falsos troncos en las chimeneas, y Clara, con su vestido floreado de falda corta, y sus zapatos bonitos pero discretos, estaba encaramada a lo alto de una escalerilla, esponjando el vello de las ovejas con un peine de púas.

—Nat estaría muy orgulloso de vosotras —les dijo.

—Déjeme ayudarla.

Clara volvió la cabeza y bajó la vista. Era Blaise, uno de los alumnos de Maldwin.

—No, gracias —dijo con firmeza.

—¿Está segura?

—¿No está claro? Además, ya no hay nada más que hacer. —Le dio la espalda. Afuera había oscurecido, y vio que la gente se paraba ante la ventana para mirar a las ovejas. Clara les saludó—. Holaaaaaaa.

Janey regresaba con bolsas llenas de postres. Había vuelto una vez más al club para ensamblar las piezas de la tarta de aniversario. Cuando llegó a casa para ducharse y cambiarse, ya se estaba haciendo tarde. Entró corriendo en el Settler's Club, subió la escalera y se dirigió a la sala de recibo.

—¡Clara! —exclamó—. Las ovejas quedan muy bien ahí. Se les cayeron dos ojos y los recogí, pero olvidé volver a colocarlos.

Clara bajó de la escalerilla.

—Yo se los pondré —se ofreció Blaise.

—¿Por qué no la ayudas con sus bolsas? —preguntó Maldwin.

Janey introdujo la mano en el bolsillo del abrigo y sacó las dos piedras que había encontrado en el suelo del loft de Jacques Harlow.

—Me gustaría hacerlo yo —dijo, mientras pasaba las bolsas a Blaise—. Aquí está el resto de las tartas, los pasteles y las galletas. Llévalas a la cocina, por favor.

Blaise se puso a temblar al ver los diamantes en la mano de Janey. La joven subió la escalerilla.

—¿Dónde está Thomas? —preguntó a Clara.

—Aquí, cariño —anunció Thomas desde la puerta—. Déjame ayudarte.

—No, lo haré yo. Dolly y Bah-Bah perdieron cada una un ojo mientras estaban lejos de su hogar. —Janey miró a las ovejas—. Pero los hemos encontrado, ¿verdad? —Encajó una piedra en la cavidad del ojo izquierdo de Dolly y otra en el hueco del ojo derecho de Bah-Bah—. Mucho mejor así.

—¡Todo está perfecto! —declaró Clara—. Ahora sí que puede empezar la fiesta.

Archibald estaba de pie ante la ventana del otro lado de la calle, prismáticos en ristre.

—¡Dios mío! —gritó—. ¡Ese lugar se está convirtiendo en un zoo!

—¿Qué quieres decir, querido? —preguntó Vernella, al tiempo que salía del tocador con un vestido largo y perlas.

Thorn bajó de su cuarto con una chaqueta de esmoquin de terciopelo.

—¿Qué estás diciendo?

—¡Son patéticos! Han puesto ovejas en las ventanas.

—¡Como en una carnicería! —dijo Thorn mientras encendía su pipa.

—Pensaba que no podía empeorar más, pero esta vez se han superado —dijo Archibald—. Cuando pienso en cómo era este parque en los tiempos de mi infancia, y ver que lo han convertido en un circo...

Vernella rodeó la cintura de su marido con un brazo.

—No te preocupes, querido. Cambiaremos eso. Cuando compres el Settler's Club, seremos los reyes de Gramercy Park.

Archibald sonrió.

—Supongo. ¿Y tú qué serás, Thorn?

Un poco de saliva se formó en la comisura de la boca de Thorn cuando mordisqueó su pipa. «Yo seré el dios del fuego», pensó.

—Bien, imagino que seré un príncipe de visita.

Archibald rió.

—Tú no, Thorn. Lo tuyo es ser un dictador. Vamos a abrir el champagne.

81

A las siete y media, el Settler's Club estaba lleno a rebosar. Los solteros de Lydia, los miembros del club, futuros miembros del club y el grupo de la convención de escritores de novelas policíacas, liderado por Nora, se mezclaban entre sí y lo pasaban en grande. Incluso había tipos aventureros que habían comprado entradas en el último momento después de enterarse por la prensa del acontecimiento.

De puertas afuera, parecía una fiesta muy conseguida en un club encantador, pero ¿era así? Stanley captaba toda la diversión con su cámara, mientras la reportera que había publicado la escandalosa historia en el *New York World* no había osado aparecer.

Regan iba de un lado a otro, a la espera de que llegara Georgette. Hasta el momento, ni rastro de ella. Clara estaba tomando un martini con vodka. Thomas y Janey se esforzaban en su papel de anfitriones. Lydia estaba charlando con un grupo en un rincón, con la intención de reclutarlos para sus veladas. Maldwin vigilaba a sus mayordomos, atentos a que todo el mundo tuviera una bebida y disfrutara de un excelente servicio. Daphne no había hecho acto de presencia. Estaba tan enfadada con Thomas por lo de las ovejas y su oportunidad perdida en las películas de Jacques Harlow, que Regan sentía un poco de lástima por ella.

Ojalá Jack estuviera aquí, pensó Regan, mientras se sumaba al grupo que rodeaba a sus padres.

—Estas ovejas son muy interesantes —dijo Nora—. Me gustan.

—También al director de cine, que no quería devolverlas. Supongo que son mucho más valiosas de lo que parecen a primera vista.

—Sus ojos brillan mucho, desde luego —comentó Nora.

Regan reparó en una mujer de pelo oscuro que remoloneaba cerca de las ovejas y las miraba de vez en cuando. Algo en ella le resultaba familiar, pero Regan estaba segura de que no había ido a la fiesta de solteros.

—Ah, aquí llega Kyle Fleming —dijo Nora cuando vio a Kyle entrar por la puerta—. Deberías conocerle, Regan. Dio una conferencia magnífica sobre timadores.

—Me encantaría —dijo Regan.

Thomas debía proponer un brindis antes de que se formara la cola ante el buffet a las ocho. Entró en su despacho para buscar sus notas. Había trabajado mucho en el discurso. Si iban a conseguir miembros nuevos para el club, ahora era el momento de motivarlos.

Thomas cerró la puerta, caminó hacia su escritorio y se sentó. Cuando levantó la vista, Daphne estaba apoyada contra la pared opuesta, y resbalaban lágrimas sobre sus mejillas.

—¡Daphne!

—¿Puedes salir conmigo? —graznó la mujer—. Necesito aire. No quiero que nadie me vea así.

—Por supuesto.

• • •

—¿Dónde está Thomas? —preguntó Janey a Regan.

—No le he visto.

—No está en su despacho, y tenía que pronunciar un discurso.

—¡Perdonen!

Todo el mundo se volvió hacia un hombre que parecía haber tomado demasiadas copas, y que estaba subiendo la escalerilla cercana a las ovejas. Agitó los brazos en dirección a la multitud.

—Me gustaría anunciarles algo —habló con voz gangosa—. Me llamo Burkhard, y sé que algunos de los presentes asisten a las fiestas de solteros de Lydia. Creo que deberían saber que ella se ha estado burlando...

—¡AAAAAAAAAYYYYYYY!

Lydia cargó como un toro enfurecido y derribó la escalerilla. Burkhard cayó de lado, chocó con la plataforma de las ovejas y aterrizó sobre la tarta de aniversario.

El golpe provocó que uno de los ojos de Dolly cayera al suelo. Cuando Regan corrió hacia él, la mujer de pelo oscuro que había estado observando las ovejas se lanzó al suelo, y un Burkhard cubierto de nata cayó sobre ella.

Justo cuando Regan se inclinaba para levantar a Burkhard, vio que la mano de la mujer se cerraba sobre el ojo. De pronto, todo encajó. Clara le había dicho que la canción preferida de Nat era 'I only have eyes for you' [Sólo tengo ojos para ti], pero en realidad Nat cantaba 'I only have eyes for ewe [Sólo tengo ojos para las ovejas], jugando con que ambas palabras, *you* y *ewe* se pronuncian igual ['yu']. Los diamantes. Los ojos centelleantes.

—¡Botón de Oro! —gritó Regan.

La cabeza de Georgette se volvió de manera involuntaria hacia la voz de Regan.

—Eres Georgette, ¿verdad? —preguntó Regan—. ¿Por qué no me lo devuelves?

Georgette llevó la mano libre a la parte interior del muslo, sacó una pistola y corrió hacia la puerta.

La multitud empezó a chillar y a dispersarse presa del pánico, intentando alejarse de Georgette.

Regan corrió hacia ella y la agarró por detrás.

—No, Georgette —chilló Regan, al tiempo que la pistola disparaba al aire y abría un boquete en uno de los antiguos retratos que había encima de la escalera. Regan consiguió arrancar la pistola de la mano de Georgette en tanto arrojaba a ésta al suelo.

Desde detrás de Regan, tronó la voz de Kyle Fleming.

—Me alegro de volver a verte, Georgette.

Georgette se puso a gritar como una posesa, mientras Regan se apoderaba de la pistola y le quitaba el diamante de la mano. Kyle Fleming procedió de inmediato a esposar a Georgette.

Con el diamante en la mano, Regan volvió corriendo hacia la plataforma, enderezó la escalerilla, subió los peldaños y extrajo los tres diamantes restantes de las cuencas oculares de Dolly y Bah-Bah. Se volvió hacia la multitud y alzó la mano.

—¡Los diamantes desaparecidos!

—¡El club está salvado! —gritó alguien, y todo el mundo aplaudió.

Entonces, la voz de Janey gritó desde la puerta:

—¡Regan, no encuentro a Thomas en ninguna parte!

Antes de que Regan pudiera decir una palabra, Harriet salió corriendo de la cocina.

—¡Fuego! —gritó, y dio media vuelta.

La histeria se apoderó una vez más de los reunidos. De hecho, no cabía ni un alfiler. Se volvieron como un solo hombre y se precipitaron hacia la puerta por segunda vez en cuestión de segundos.

Regan se volvió y vio a Jack en la puerta.

—¡Jack!

—Regan, ¿quién ha sido la mujer que ha gritado «fuego»?

—Harriet, una de las estudiantes de mayordomo —gritó Regan, rodeada de humo.

Jack corrió hacia la cocina.

—¡Regan, he de encontrar a Thomas! —aulló Janey.

Nora y Luke estaban ayudando a la gente a salir. Regan pasó por delante.

—Id saliendo. Queremos encontrar a Thomas, y temo que podría haber alguien más en su apartamento.

—Te acompaño —se ofreció Luke.

Clara estaba cerca.

—Yo también, Regan.

Los cuatro corrieron por el pasillo. Había humo por todas partes.

—¡No está en su despacho! —chilló Regan.

—¿Dónde está? —preguntó Janey.

Clara cogió la llave maestra del escritorio de Thomas.

—Voy a probar la puerta de Daphne —dijo Regan. Corrieron otra vez por el pasillo, gritando los nombres de Daphne y Thomas. Regan golpeó la puerta del apartamento de Daphne.

—Dame la llave —ordenó a Clara.

Clara se la dio, y Regan abrió la puerta.

—Daphne —gritó, al tiempo que encendía las luces. Vio ropas desperdigadas sobre la cama del dormitorio. «¿Estará ahí debajo?», se preguntó Regan. Encendió la luz, entró seguida por Clara y cogió un jersey del montón. No era Daphne.

—¡Oh, Dios mío! —exclamó Regan.

—¡Santo cielo! —coreó Clara.

Había dos adornos con ovejas pegados a la manga derecha del jersey de Daphne.

—¡Fue Daphne quien mató a Nat! —dijo Regan, horrorizada.

—¡Y está furiosa con Thomas! —aulló Janey.

—¡Vámonos! —dijo Regan.

—¡Apuesto a que están en la parte de atrás!

Salieron al pasillo, que estaba lleno de humo, bajaron la escalera y salieron por la puerta de atrás. Daphne tenía acorralado a Thomas. Aferraba un enorme cuchillo en sus manos.

—¡Daphne! —gritó Regan.

Daphne se volvió hacia Regan, con los ojos encendidos de odio.

—¡Has arruinado mi carrera!

—¿Y qué me dices de Nat? —preguntó Regan, mientras buscaba la pistola de Georgette en el bolsillo del abrigo.

—Me porté muy bien con Wendy y él, pero después de que ella muriera, sólo se preocupaba de los amigotes con los que jugaba a las cartas. ¡Yo quería que estuviera conmigo! Pero dijo que nunca podría estar con otra mujer. Después, encontró a otra. Lo sé. Tampoco quiso revelarme el secreto de los diamantes. Me volví loca cuando lo descubrí. ¡Me traicionó!

—Tira ese cuchillo, Daphne —suplicó Regan.

—¡No!

Thomas temblaba en el rincón.

—Tíralo.

Al cabo de un momento, Daphne obedeció y se puso a llorar, esta vez de verdad.

—Perdí todas mis oportunidades. Nat..., mi carrera de actriz...

Thomas y Janey se dedicaron a otra sesión de abrazos, mientras Regan recogía el cuchillo del suelo.

—Papá, ¿podrías sujetar esto? He de llamar por teléfono.

Regan sacó el móvil y llamó a casa de Edward Gold.

—¿Podría pasarse esta noche por aquí con el talón conformado? —preguntó cuando el hombre contestó.

—¿Cómo? —exclamó Thomas.

Regan extendió la mano. Los cuatro diamantes descansaban en la palma. Thomas se puso a llorar.

—Estaban en las cuencas oculares de Dolly y Bah-Bah —explicó Regan—. Menos mal que Janey las devolvió a su sitio.

Thomas se volvió hacia Janey.

—¿Quieres casarte conmigo?

El humo ya se estaba disipando en el interior. Regan corrió en busca de Jack. Estaba en la cocina con Harriet, ahora esposada.

—Regan —dijo en voz baja Jack, y la estrechó en sus brazos.

Por fin me toca a mí, pensó Regan.

—La criadita aquí presente hacía todo lo posible por propagar el fuego —explicó Jack—. Ahora he de visitar a su novio, Thorn, que se aloja al otro lado de la calle. Han estado trabajando en equipo para destruir cualquier escuela de mayordomos que les hiciera la competencia. Como pensaban que nadie la reconocería en Nueva York, se hizo pasar por estudiante de mayordomo.

Harriet frunció el ceño.

Maldwin estaba en un rincón de la cocina, colaborando en la limpieza del desastre.

—Tendría que haber adivinado que Thorn intentaría infiltrarse en mi escuela. Nunca le caí bien —dijo—. Pero le voy a enseñar una lección. Voy a continuar con mi escuela. Al menos, tres de mis alumnos son buenas personas.

—Dejémoslo en dos —dijo Kyle Fleming desde la puerta—. Hacía tiempo que iba en busca de ese tal Blaise. Acabamos de detenerlo.

Maldwin estuvo a punto de desmayarse.

Al otro lado de la calle, el humo sorprendió a Vernella y Archibald.

—¡El club está ardiendo! —gritó Vernella.

—¡Es espantoso! —dijo Archibald—. Quiero que cierren, pero no que salga gente perjudicada. ¡Y además, el humo está estropeando mi edificio!

Vieron que alguien cruzaba la calle a toda prisa. Sonó el timbre de la puerta. Vernella y Archibald se miraron.

Era Jack Reilly.

—¿En qué puedo ayudarle? —preguntó Archibald.

—¿Thorn Darlington está aquí?

—El primo Thorn está arriba.

—He venido a detenerlo por complicidad en incendio provocado.

Archibald giró en redondo. Thorn estaba al final de la escalera.

—¡Has arruinado el prestigio de nuestra familia! —gritó Archibald—. ¡Lo has arruinado!

—Así como nuestra posibilidad de ser los reyes de Gramercy Park —rugió Vernella, mientras se precipitaba a apoderarse de la copa de champagne que Thorn estaba sujetando.

Una hora después, la fiesta se había reanudado en el club. El humo ya se había disipado. Edward Gold llegó con su esposa, además de un talón conformado por cuatro millones de dólares a nombre del Settler's Club.

—De no ser por el tráfico, habríamos llegado antes.

—¡Antes! —exclamó su mujer—. ¡Conducía como un loco!

Cuando la multitud se congregó, Thomas subió la escalerilla para proponer el brindis.

Todo el mundo levantó su copa. Regan y Jack se encontraban delante de la chimenea cogidos del brazo, con Clara a su lado. Nora y Luke acompañaban a sus escritores de la convención. Lydia estaba con sus solteros, abrazando a dos de ellos como una osa a sus crías. Burkhard había sido expulsado del local, con su único traje bueno cubierto de nata y migas de tarta. Maldwin se erguía entre sus alumnos leales, Vinnie y Albert, que de repente parecían más dignos del oficio. Janey aguardaba con expresión hechizada a los pies de Thomas, y los miembros del club se distinguían entre la multitud por el orgullo que demostraban.

Stanley no paraba de rodar con expresión extasiada. Mi especial va a ser increíble, pensó.

—Me gustaría brindar por Nat y Ben. Gracias a ellos, el Settler's Club seguirá vivo. Todos continuaremos juntos durante los años que nos resten de vida, entre estas paredes humeantes.

Todo el mundo rió y tomó un sorbo de champagne, mientras Dolly y Bah-Bah custodiaban el club.

Nora, Luke y Kyle formaron un grupo aparte.

—Tendremos que hablar de muchas cosas durante el *brunch* de mañana —dijo Nora.

—Lástima que nuestra amiga Georgette no pueda aparecer en persona —rió Kyle.

—Con alguno de sus disfraces —añadió Luke.

Jack se volvió hacia Regan y sonrió.

—Por cierto, ¿dónde estábamos?

Regan le devolvió la sonrisa.

—Creo que estábamos planeando un viaje a California.

—Me muero de ganas.

—Yo también.

Enlazaron las manos.

—Mi hermana y yo fuimos a California el año pasado —anunció Clara, al tiempo que se plantificaba entre ellos—. Fue magnífico...

Jack estrujó la mano de Regan.

Me muero de ganas, pensó Regan, sonrió y le apretó la mano a su vez.

—¿Habéis ido alguna vez a la costa? —continuó Clara—. Maravilloso, simplemente maravilloso. Deberíais probarlo...